モヤモヤするあの人

常識と非常識のあいだ

まえがき

「趣味は人間観察」と聞くと、いかにも安っぽく感じるかもしれないが、そうとしか表現しようがないから仕方がない。その趣味が高じ、日々感じるモヤモヤや違和感について、さまざまなメディアにコラムやエッセイを執筆している。

人間観察は、場所や時間を問わずに行われる。ある時は、カフェの隣の席で怪しげな勧誘をしている若い女性に目がいき、ある時は、バーで女性を口説こうとしている40代後半の小太りなおじさんに目がいく。おじさんは、弁護士事務所に勤務していると名乗っているけど、手相占いと称して女性の手に触ろうとするその行動は、法律的にセーフなのだろうか。

また、駅のホームで固く抱擁しながら海藻《かいそう》のように揺れている謎のカップルにも、ついつい目を奪われてしまう。大人なんだから終電を気にせずにホテルにでも行けばいいと思うが、そうもいかないのだろう。もしかしたら、不倫なのかもしれない。それにしても、この手のカップルに美男美女を見たことがないのは、なぜなのだろうか。

ビジネスシーンもモヤモヤの宝庫だ。スーツにリュックで営業先に行くことは失礼にあたるのか。大雪が降っても定時に出社しなければいけないのは、どうしてなのか。SNSで嫌いな上司から友達申請が来た場合、部下はどう対応すればいいのだろうか。

そんな取るに足らないことについて考えることに、なんの意味があるのかと疑問に思う読者もいるかもしれない。しかし、日常で抱くささいな違和感を言語化することこそが、現代社会を考えるうえで重要なことだと筆者は思っている。

なぜなら、現代が価値観の衝突する時代だからである。たとえば、一昔前まで女性は25歳までに結婚しなければ売れ残りだ、というふうに信じられていた（＝クリスマスケーキ理論）。今の時代にそんなことを考えている人は、ほとんど絶滅危惧種だが、古い価値観と新しい価値観との間で板挟みにあい、苦しんでいる女性はいまだに多い。

また、インターネット、とりわけSNSの普及がモヤモヤを増幅させていることも問題だ。「SNSで嫌いな上司から友達申請」などということは、昭和の時代には起こり得ないことだった。価値観の衝突が、SNSによって可視化されるという状況も、人々のストレスに拍車をかけている。

加えて、テクノロジーの進化により、それまで存在すらしなかったマナーが次から次へと出てきていることも指摘しておきたい。ささいなマナーでも、それに反すると「炎上」することもある。

そして、なによりも「そのモヤモヤがささいなことであればあるほど、他人に話しにくい」ということこそが、本書を記した一番大きな理由である。「そんなこと、誰も気にしていないのではないか」「悪口に聞こえてしまうのではないか」。そうした躊躇《ちゅうちょ》によって、現代人は多くのストレスを抱えている。

気楽な気持ちですらすら読んでもらえるよう心がけて書いているので、あまり難しいことは言いたくないが、取るに足らない（しかし、放置しておくとフラストレーションが溜まる）モヤモヤをすくい上げることによって、より現実の解像度が上がり、現代社会を深く洞察できるようになる、ということを、本書を通して証明していきたい。それは、大文字の「社会」や「政治」を語ることよりも、むしろ野心的な試みであると筆者は思っている。

そんなふうに考えれば、「悪口」も言ってみるものだと思えるようになるのではないか。だから、みんなで思いっ切りモヤモヤを語り合おう。「あの人に、私はモヤモヤしているんだ！」ということを、大声で叫ぼう。モヤモヤをモヤモヤのままにしておかず、日々の生活で抱える違和感を堂々と表明してみよう。本書はそんな本である。

誰もが、モヤモヤしながら生きている。そのことを示すために、実際に取材でいろいろな人から聞き取ったコメントもできる限り紹介していく。本書を読み終わる頃には、少しでもあなたが抱えているモヤモヤがスッキリすることを祈りつつ、早速始めていきたいと思う。

目次

パートII

あの人は、なぜあなたをモヤモヤさせるのか　117

パート I

アリか？　ナシか？
モヤモヤする新常識

スーツにリュックは失礼なのか？

大流行する「大人のランドセル」

スーツ姿といえば、手提げタイプのカバンが定番だが、最近では後ろに背負うビジネスリュックが流行している。あなたの職場でも、リュックを背負って通勤する人が増えているのではないか（もしかしたら、あなたがそうかもしれない）。そこで、にわかに盛り上がっているのが、「スーツにリュックはアリか、ナシか問題」である。

雑誌「日経トレンディ」２０１７年1月号によると、リュックの使用がビジネスシーンにおいて急激に広がったのは２０１１年の東日本大震災以降。両手の自由が確保でき、手提げカバンよりも荷物の持ち運びが楽なリュックが「防災グッズ」の感覚で注目されたという経緯がある。スマートフォンやタブレットの普及のほか、クールビズなどのオフィスファッションのカジュアル化も影響しているという。それに加え、自転車通勤が増えたこともリュックの流行に拍車をかけた。

同誌によると、ザ・スーツカンパニー新宿本店には、20種類前後のビジネスリュックが揃《そろ》い、1年間で約1200個を売り上げる人気だという。「DIME」2011年9月6日号でも、「大人の通勤ランドセル」と称して、さまざまなスタイリッシュなリュックが紹介されている。

しかし、世の中には、スーツ姿でリュックを背負うことをマナー違反だとする人も少なからずいる。筆者の知人男性は、普段の通勤の時はノートパソコンを入れやすいという理由でリュックを背負っているが、大事な商談がある時などは失礼にあたると思い、手提げカバンに替えている、という。この男性に限らず、「スーツにリュックは営業先に失礼」と考える人は多いようだ。

ほかにも「そもそもスーツにリュックはダサい」「肩に背負うとスーツがよれて不恰好」「リュックには、どうしてもオタクっぽいイメージがある。『電車男』みたいな」といった声もあり、流行の陰で「スーツにリュックはアリか、ナシか問題」がくすぶり始めているのである。

年配のビジネスパーソンにはNG

ランドセルのルーツは、軍用の背嚢《はいのう》だと言われている。通学や行軍に使われていたものが、通勤に不便なわけがない。肩掛けや手提げカバンよりも持ち運びが楽チンで肩が凝らないような気がする、とリュックを重宝している人も多いだろう。

〝スーツにリュック〟はカジュアルさを演出するが、スマートに着こなせば、都会的なイメージも表現できる。雑誌によるビジネス用のリュック特集では、書類が上手に収納でき、取り出しやすいといった機能性だけではなく、デザイン性もウリの一つとして押し出されている。価格も2万～5万円くらいのものが推奨されていて、リュックだからといって「安っぽい」というわけではない。「オタクっぽい」というイメージとは程遠い、スタイリッシュな着こなしをする人が増えている。

リュックが通勤用のアイテムとして使われ始めた歴史は浅く、「定点観測」をベースに若者とファッション、カルチャーの研究をしている「アクロス」1996年12月号によると、当時のビジネスパーソンがよく持ち歩いていたカバンのうち、リュックはたったの1・3％（マーケティング・データ・バンク調べ）だった。それから、わずか20年余りで一気に市民権を得たかたちだ。

しかし、こうも急激に広がると、当然、拒否反応も起こる。ニュースサイト「しらべぇ」の調査（２０１５年７月27日付）によると、〝スーツにリュック〟に対して違和感を抱いている20代は34・９％。年代が上がるにつれて増加する傾向があり、60代では51・０％と半数以上がリュック否定派となっている。特に、「仕事ができる」「出世している」と自分で意識している人たちの間で、「リュックは非常識だ」という感覚が広がっているのだという。

新入社員が背負ってきたら？

機能性、デザイン性ともに進化し続けているビジネス用のリュックだが、〝スーツにリュック〟に対して釈然としない思いを抱く人がいる以上、その是非をどうするべきか考えなければいけない。

仮に、営業回りに連れて行った新入社員が、リュックを背負ってきたら、あなたはどうするだろうか。判断が分かれる、非常に難しい問題である。訪問先が年配の人物である場合は、相手の反応を予測して「非常識だからやめてくれ」と指導するかもしれない。

実際に否定的な意見も多い。前出のコメントで「オタクっぽい」という指摘もあったが、見方によっては「意識高い系」にも見える（意識高い系については、後ほど詳しく考察する）。〝スーツにリュック〟で、スターバックスのコーヒーを片手に颯爽《さっそう》と歩いている姿は、ニューヨーカーのようでしゃらくさい。ビジネスパーソンが手提げカバンを握り締める、あの手には強い意志が感じられるものの、両手がぷらーんと垂れ下がっているリュックスタイルはどうなのか。だらしがなく、仕事ができない印象を持たれるかもしれない。

名刺入れを取り出すのに、リュックの中をガサゴソとやらなければいけないのも、なんとも不恰好である。お辞儀をしたら、中身が雪崩《なだれ》のように落ちてくるなんて、コントみたいなことも起こる可能性がある。私服でも使えるのが魅力だが、だからこそ公私のけじめがつけにくい。

……と、〝スーツにリュック〟が非常識な理由をいくつか挙げてみたものの、これといって決定的なものはなく、「だからこそどうするべきか迷ってしまう」というのが多くの人が抱く感想なのではないか。「なぜ非常識と思う人がいるのか」と問われても明確に回答しにくい、微妙な問題なのである。

先ほど、毎日リュックを背負って通勤しているものの、取引先に向かう時にはリュックから手提げカバンに持ち替えるという知人男性を紹介した。彼なりに周囲の反応を忖度《そんたく》した結果なのだろうが、こうした謎の行動を人々にとらせてしまう「歪《ゆが》み」が、〝スーツにリュック〟の問題にはつきものなのである。

車内で背負う〝リュック災害〟

そんななか、明確にマナー違反と言えるのは、混んでいる電車の中でリュックを背負う行為だろうか。

「ダカーポ」1998年8月19日号では、「電車の中で『特に迷惑だ』と感じるマナーの悪さ」の第4位が「リュックサック」だという、小田急電鉄の調査結果を紹介（第1位は携帯電話）。そのうえで同誌は、電車が混んでいるのにもかかわらずリュックを棚に上げず、前にも抱えず、後ろに背負ったままでいる迷惑行為を、〝リュック災害〟と名付けて断罪している。

日本民営鉄道協会が2016年に実施した調査でも、「荷物の持ち方・置き方」に関することが、駅と電車内の迷惑行為ランキングで第4位に入っており、〝リュック災害〟への批判は根強い。リュックを背負って通勤する場合には、こうしたマナーにも気を使う必要がある。

電車の中でのマナーはさておき、見た目の面においても、機能性の面においても、〝スーツにリュック〟がそんなに非常識だとは、個人的には思わない。見た目の問題で違和感を覚える人がいるかもしれないが、見慣れてくればそこまで変だとは思わないし、やはりなによりもリュックは楽チン、かつ便利である。

しかし、仮に、自分が〝スーツにリュック〟をアリだと思っていたとしても、相手がどう思うかを想像して判断するのが社会人としての鉄則だ。そう考えると、現状では、やや慎重にならざるを得ない状況が確かにある。

特に、お堅い取引先を訪問することの多い会社員は気を使うだろう。最終的には自己判断に委《ゆだ》ねるしかないものの、〝スーツにリュック〟に文句を言うようなうるさ型の上司や取引先の人がいる環境では、無難に手提げタイプのカバンを持つことをお勧めする。

もちろん、「失礼だと思われるリスク」と「持ち運びの楽さ、便利さ」を天秤にかけ、後者を選ぶのも個人的にはアリだと思うが、そう判断したからには、多少の軋轢《あつれき》が生じる可能性があることは覚悟しておいたほうがいいだろう。

新しいスタイルが出てきた時には、必ず古いスタイルの価値観と衝突する。若い世代がビジネスシーンの中心になる頃には、〝スーツにリュック〟が当たり前に受け入れられている、なんてことも考えられる。しかし、少なくとも現時点で、〝スーツにリュック〟姿にモヤモヤする人が多いということだけは、心に留めておきたい。

職場でノンアルコールビールを飲むのは非常識なのか？

ノンアルコールビールの聖域とは？

健康志向の高まりや飲酒運転の厳罰化などによって、ノンアルコールビールの需要が増加している。アルコールが入っていないのにもかかわらず、お酒を飲んでいる雰囲気を味わえるノンアルコールビールなら、たとえ車を運転してきても飲み会を楽しめる。後のことを考えずに、グイッと一杯いけるのがノンアルコールビールの人気の理由である。

しかし、いくら気軽に楽しめるといっても限度があるようだ。２０１７年6月14日、ヨミウリオンライン（読売新聞）の「発言小町」に投稿された「休憩時間にノンアルコールビール　会社を休まされました」という相談が物議を醸した。自他ともに認めるお酒好きである投稿者の女性（30代半ばのＯＬ）が、仕事の休憩時間に職場でノンアルコールビールを飲んでいたところ、上司に1時間も注意された挙句、会社を休むように命じられ、反省文を書かされたというのだ。

投稿に寄せられたコメントは、女性に対して批判的なものが多く、社会人としての常識を問うものがほとんどだった。ところで、なぜ〝職場でノンアルコールビール〟は御法度《ごはっと》なのだろうか。

ちなみに、〝職場でノンアルコールビール〟が議論になったのは、今回が初めてではない。また、〝未成年にノンアルコールビール問題〟も議論されることが多く、これについては各メーカーとも「法的に問題はないが推奨はしない」という立場を取っているようである。

タクシーの運転手が飲んでいたら……

さて、なぜ〝職場でノンアルコールビール〟は御法度なのかというと、投稿に寄せられたコメントでは、「ＴＰＯへの配慮」を理由に挙げる人が多かった。ＴＰＯとは、Time、Place、Occasion の頭文字をとった言葉で、時と場所、場合に配慮したマナーを心がけるべきという考え方だ。

確かに、時と場所、場合を選ばずに、突然ノンアルコールビールが出てきたら驚くだろう。たとえば、取引先との商談の際、相手がノンアルコールビールを飲んでいたらどう感じるだろうか。タクシーの運転手が、走行中にノンアルコールビールを飲んでいたら、誰もが疑問を感じると思う。

しかし、である。時と場合を選ばずに飲めるのが、ノンアルコールビールの魅力ではなかったのか。車の運転に差し支えないというのが、ノンアルコールビールのウリではなかったのか。

そう考えると、ノンアルコールビールの定義を、今一度考え直す必要が出てきそうだ。そもそも、「ノンアルコール」と銘打っている時点で、アルコールを連想させる飲み物であるという原点に立ち返って考えてみると、その独特なポジションが見えてくる。

コーラは、「ノンアルコールコーラ」とは呼ばない。コーヒーは、「ノンアルコールコーヒー」とは呼ばない。しかし、ノンアルコールビールは、あくまで「ノンアルコール」であり、ビールに限らず、ほかのノンアルコール飲料もそれは同じだ。つまり、すべての「ノンアルコール○○」は、アルコールを飲むシーンを想定して作られているのである。

となると、当然、アルコールを飲むシーンを想定したＴＰＯが求められるというわけだ。だから、勤務中に飲んだり、未成年に勧めたりすることに、違和感を覚えるのだろう。

ブレーンストーミング中にノンアルを飲む会社

ならば、いっそのこと「ノンアルコール」という表記をやめたらどうか。パッケージも酒類を連想させるものから一新させて、ネーミングも「発泡麦茶」などに変えたらどうか。

しかし、それでは今度は、「お酒を飲んでいる雰囲気を味わえる」というノンアルコールビールのメリットを享受することができなくなってしまう。「発言小町」に投稿した女性は、朝から飲みたい気分を我慢していたため、職場でノンアルコールビールを飲むという行動に出たという。しかし、アルコールを連想させない「発泡麦茶」では、女性の飲酒欲求を満たすことができない。困ったものだ。

少数だが、〝職場でノンアルコールビール〟を推奨する声もある。「日経ビジネスアソシエ」の２０１１年6月21日号では、あるマーケティングコンサルタントの男性が、「ノンアルコールビールを飲みながら、ブレーンストーミングする」ことを勧めている。「おつまみも買ってきて〝宅飲み〟の雰囲気を出すと、ストレスがなく、話も弾み、創造性にドライブがかかる」のだそうである。そこまでするなら、いっそのことアルコールを飲んでしまってはどうかとも思うが、そこはTPOをわきまえた大人（?）の判断なのだろう。

「ノンアルコール」という言葉に、アルコールに対しての強いこだわりがこめられているがゆえに、公的シーンには馴染《なじ》むことができないノンアルコールビール。あなたは、職場でノンアルコールビールを飲む人がいたら、どう感じるだろうか。おそらくは、「職場でノンアルコールビールは禁止」という結論のほうが、多くの人の支持を集めるのではないだろうか。

〝職場でノンアルコールビール〟という今日的な問題提起によって浮かび上がってきたこの新しいTPOは、平成の世になってから現れたまだ歴史の浅い常識の一つだと言ってよさそうである。

ビジネスシーンでのマスク着用は不自然なのか？

相手への礼儀か、それとも感染拡大防止か

平成日本における大問題の一つとして、「ビジネスにおけるマスク着用マナー」がある。言わずもがな、マスクは風邪やインフルエンザなどの感染拡大防止や予防のために着用するものだ。

お上（厚生労働省）も「咳エチケット」と称して不織布《ふしょくふ》製マスクの使用を推奨しており、「周囲にウイルスをまき散らさない効果があるだけでなく、周りの人を不快にさせないためのマナーにもなる」と普及・啓発に力を入れている。

最近では、常時、「伊達マスク」を着用する人もいるようだ。デザイン性にこだわったお洒落《しゃれ》なマスクも多数販売されている。女性の中には、化粧をしていない、もしくは薄い

ことを隠すためにマスクをする人もいるという。訪日した外国人はマスクをしている人の多さに驚くそうだが、それだけ日本人にとって日常に根ざしたアイテムとして親しまれている。

かくいう筆者もよくマスクを着用している。コンビニで買う安物ではあるが、少しでも風邪の予防になればと思い、人ごみに行く時にはなるべく着けるようにしている。効果のほどはわからないものの、まじないよりは効くような気がする。転ばぬ先の杖みたいなものである。

ところが、ビジネスシーンにおいては、マスク着用のままでいることが非常識とされることが多い。就職活動の時、面接会場（もしくは、その建物）に入る前にコートやマフラーなどを脱ぐのが常識だと教わったことがあるだろう。それと同じで、ビジネスシーンにおいては、マスク着用のまま商談や会議に出ることは非常識だと見なされがちなのだ。

しかし、考えてみてほしい。マスクには、感染拡大を防ぐ目的があったはずである。他者を前にして、それも大切な商談相手や同僚を前にして、マスクを外さなければいけないのは本末転倒だ。

筆者は職業柄、取材などで人と会うことが多いのだが、体調管理も仕事の一つだとはいえ、人間である以上どうしても風邪を引いてしまうことがある。もちろん、インフルエンザや重い風邪の場合は、事情を説明して延期、もしくは代役を立てることもあるものの、多少の体調不良ならば現場に行かざるを得ないのは、フリーライターに限らず、どの職業でも同じである。

そういった時に迷うのが、マスクを外すか否かの判断である。「取材相手を前にマスクをしているのは失礼ではないか」と思うと同時に、「感染させてしまったらどうしよう……」と気を揉《も》んでしまう。多忙を極める取材相手が、自分のせいで体調を崩してしまったら一大事だからだ。ウイルスを閉じ込めるはずが、マスクを外しわざわざ解き放ってどうするのだと、常々疑問に思っている。

相手を拒絶するA．T．フィールド？

なぜ、ビジネスシーンでのマスク着用がNGなのか。ネット上では、さまざまな意見が散見される。その一つに、「マスクをしていると表情が見えにくい」というものがある。

確かにマスクをしていると、微笑《ほほえ》んでいるのか、口を結んでいるのか、ボーッと開けているのかといった判断がつきにくく、コミュニケーションをとることが難しくなるデメリットがある。真剣な顔で相槌《あいづち》を打っている人が、実はマスクの下で口が半開きでヨダレがダラダラ、なんてこともあり得るのだ。別に半開きでも全開きでも構わないが、ようは表情が読みにくいのである。

さらには、「声が聞こえにくい」という意見もある。マスクは声がこもるから、それはそうだろう。仮に声が通りやすいマスクがあったとしたら、ほかのものも通してしまっているに違いない。表情が読めず、声も聞こえないとなると、それを非常識と感じる人もいる。

しかし、現実には「マスクをしているままだと、なんとなく相手に失礼」という漠然とした感覚が、最も実情に近いように思う。この「なんとなく」が常識を語る上では、一番厄介である。意識的な常識やマナーは意識的に修正できるが、無意識的なそれは容易に変更できないからだ。「なぜ」を突き詰めていった先に明確な答えがあることは少なく、すべてが「なんとなく」という曖昧《あいまい》な理由に集約されてしまう（それが必ずしも悪く作用するばかりとは言い切れないのが、この問題の難しいところでもある）。

それとも、マスクには、「相手に感染させない」という目的のほかに、「相手からの感染を防ぐ」というバリア的な意味合い（もとい予防）も多少含まれているため、人前でマスクを着けることを後ろめたく感じる人がいる、ということなのだろうか。

相手から距離をとるために、『新世紀エヴァンゲリオン』風に言うとA．T．フィールドの役目をマスクに託す人は実際にいて、感染防止や予防ではなく、心理的な理由から伊達マスクを常時着用する行為を「マスク依存」と呼ぶ専門家もいる。

伊達マスクの場合はおいておいても、「風邪を引いているので、マスクのまま失礼します」と一言断りを入れれば済むことのようにも思うが、たとえば就職活動の面接の際に学生がマスクをしていたらどうだろうか。大切なプレゼンテーションを、マスク着用で行うことができるだろうか。高級ブティックの店員がマスクをして接客していたら、違和感を覚える人もいるだろう。

極端な例だが、演説中の政治家はどんなに重い風邪を引いていようとも、公衆衛生の政策に関わっていようとも、おそらくマスクを着けない。有権者に失礼にあたると考えるからだ（たとえ風邪をうつそうとも）。それだけマスク着用を巡る常識の問題には、根が深いものがある。

マスクにこめられた常識が衝突する

筆者なんぞは体が弱いため、相手が風邪を引いているならば、ビジネスシーンでもマスクをしてほしいし、相手が許すならば、自分が風邪を引いた時もマスクをして仕事に臨みたい。風邪をうつさない心構えに相手への礼をこめることが、筆者の中での常識なのである。しかし、過剰に感染を気にして、無菌状態にこだわることを「現代病」だと思う人もいるから、そう一筋縄ではいかない。

考えられる対処法としては、ビジネスシーンではマスクを外しつつも、咳をする時に相手の方向を避けたり、ハンカチを当ててしたりすることだろうか。それだと、どうせ顔が見えにくくなるのだから、いっそのことマスクをしていたほうが表情や声が伝わりやすい気もするが、常識というものは理屈ではない。とにかく、ある一面から見た常識では、マスクは失礼にあたるのだ。

繰り返すが、意識的な常識やマナーは意識的に修正できるが、無意識的なそれは容易に変更できない。そこに理屈はなく、無礼は無礼。かくして常識は衝突する。

驚いたのは、あるブログが、病院のスタッフがマスクをしているのを「異様な光景」と指摘していたことである。「患者さんに対して『うつさないで』と言っているようで、抵抗がある」のだという。患者さんに失礼だと言うのだ。そうなってくると、逆にいつマスクをすればいいのかわからなくなる。

個人的には、風邪を引いた場合は、ビジネスシーンでもマスクを着用するエチケットが早く浸透してほしいと思っている。平成日本の大問題である、「ビジネスにおけるマスク着用マナー」の議論に決着がつく日がくることを、切に願っている。

大雪でも定時に出社する人は社畜なのか？

首都・東京に降る社畜の雪

２０１６年1月、首都圏で大雪が降った。17日夜から18日にかけて雪が降り続き、東京都心ではその年初めての積雪となった。雪が楽しかったのは、子どもの頃までのこと。大人になってからは、雪ほど煩わしいものはない。そもそも、なんであんなに雪が好きだったのか。自宅近くの駐車場では、犬がはしゃぎまわっている。犬と子どもの気持ちが筆者にはわからない。

特に会社員は大変だ。雪に対して脆弱《ぜいじゃく》な首都圏の鉄道は、予想通りに運休や遅れが相次ぎ、駅への入場制限もかかった。電車や駅はパンク状態となり、ただでさえ極寒に耐えて出社する多くの人の気持ちをイラつかせた。

駅から人が押し出される異様な光景。〝熱い男〟として知られる松岡修造さんが、オーストラリアに行ってしまったせいで雪が降ったのかもしれない——。そんなホッコリしたネットニュースに心を癒《いや》してもらうしかないような、地獄絵図だった。

ところで、雪が降ると必ず盛り上がるのが「社畜論争」である。なぜ、そんな思いまでして出社しなければいけないのか。積雪の日にまで出社しようとするなんて、社畜そのものではないか、というわけだ。

ツイッターで検索しても「社畜論争」を繰り広げているユーザーは多く、そんな状況を見るたび、筆者は「ああ、今年も首都・東京に社畜の雪が降ったんだな」と感慨深い気持ちになる。

会社員を取り締まる〝社畜ポリス〟の恐ろしさ

確かに、雪の日の通勤は危ない。ただでさえ足元が滑るのに、駅は気が立った人で大混雑である。当然、雪の日は頭上も危険だ。雪の塊が直撃したら、大怪我してしまう恐れがある。マイカー出社なんて、もってのほかだ。

パソコンやインターネットが普及した現在では、在宅勤務でも可能な仕事がかなり多くなってきている。せめて、出社時間を遅らせればいいのではないか。筆者もそう思う。そんなに緊急性の高い仕事を抱えている人ばかりなのだろうか、と。

それでも、人々は会社に向かう。駅が混雑しようが、足元が滑ろうが人々は会社に向かう。ツイッターでは、定時にしっかりと出社した人が、遅刻の連絡を受ける業務に忙殺されてしまった、なんて冗談みたいなエピソードも投稿されている。遅刻の連絡を受ける業務のために、遅刻しないで出社する会社員。そういった人々を、「社畜」と断ずるのはたやすい。

しかし、仮に筆者が会社員だとしたら、それでも定時の出社を目指すと思う。社畜とは、会社に対して奴隷状態になることを指す言葉だが、なにも「会社」という漠然とした組織に忠誠を誓っているからではない。もっと具体的な敵が存在するからだ。

彼らの名は、〝社畜ポリス〟。会社員を取り締まり、社畜であることを強制する善良な人だ。社畜ポリスの取り締まりを逃れんがために、人々は会社に向かうのである。

「社会人の常識」を盾に取り締まる自警団

・定時に出社するのは、社会人として当たり前
・雪が降ることがわかっていたのだから、事前に対策を考えておくべき
・トラブルを回避するのも、社会人に必要な能力の一つ。それができない奴には、重要な仕事は任せられない
・いかなる場合も遅刻は甘え。学生気分が抜けていない

社畜ポリスたちの主張は、だいたいこんな感じだ。雪という自然現象を通して、なぜか社会人のあり方まで説いてくる。雪だるまやかまくらを作り、犬と一緒にかけ回った、あの素敵な冬の贈り物はどこにいったのか。いつのまにか雪も偉くなったものだ。

雪の予報を見るや否や、社畜ポリスたちは出動の準備に取り掛かる。会社への忠誠心もあるだろうが、それだけではない。あくまで、「取り締まり」が一番の目的なのだ。

取り締まりの、取り締まりによる、取り締まりのための取り締まり。日本の社畜文化は、彼らの取り締まりの上に成り立っている。社会人として当たり前の常識と、必要な能力を兼ね備えた彼らは、甘えや学生気分を許さない最強の自警団なのである。

たとえば、同じ駅を使う社員が二人いたとする。Aさんは10時に出社、Bさんは10時30

分に出社。そのわずかな差を社畜ポリスたちは見逃さない。なぜ、Aさんは10時に出社できたのに、Bさんは30分も遅れたのか。社会人としてあるまじき姿だ、と。

そんな厳しい取り締まりにあうくらいなら、積雪が危険だとわかっていても、必死に出社するしかない。緊急性の高い仕事を抱えているか、在宅勤務可能な案件を抱えているかは、ここでは問題にならないのだ。

SNS上では積雪の日に出社する会社員に対して苦言を呈する著名人やフリーランサー（自由業者）も目立つが、彼らにはそれがわかっていないのである。理屈ではないのだ。理屈ではおかしいとわかっていても、社畜ポリスがいる限り人々は出社する。

放置すると空中分解

日本の総社畜化を企てる社畜ポリスたち。問題を解決するには、会社がきちんとした方針を打ち出すしかない。雪や台風などの天災や、不測の事態が起こった時に、どのような出勤態勢を取るのか。ルールを作って、自警団の活動を抑え込む必要がある。

社畜ポリスの存在は、会社にとって都合がいいものかもしれない。なにせ、勝手に風紀を乱すものを取り締まってくれるのだから。しかし、自警団の活動を放置すれば、社内がギクシャクして空中分解になりかねない。さらに、通勤中に大怪我するなどの事故が起こった場合は、誰が責任を負うのか。

これ以上、東京に社畜の雪を降らさないために、会社側がしっかりとルールを整備してほしいものである。

災害時に笑顔の写真は不謹慎なのか？

ささいな言動を「不謹慎」と罵る異常さ

２０１６年４月、熊本地震が発生した。被災地への迅速な支援が求められる一方、インターネット上では、〝不謹慎狩り〟とも呼べる状況が蔓延《まんえん》し、議論が巻き起こった。

特に有名人は大変だ。笑顔の写真に対して「不謹慎だ」と批判が集中したり、義援金による支援の報告に「売名行為だ」などと言いがかりをつけられたり。不謹慎狩りの被害は一般人にも及んでいて、ささいな言動が批判の対象となっている。フェイスブックにケーキの写真をアップしただけで、「人格を疑う」と非難された人もいるというから驚きだ（「ハーバー・ビジネス・オンライン」２０１６年４月22日付）。

こうした状況は東日本大震災の際にも見られ、お花見を自粛する動きにもつながった。被災者のことを想って心が痛む気持ちはわかるものの、過剰な自粛をする必要はない。ましてや、他人にまで自粛を強要し、「不謹慎だ」と批判することはお門違いだと思うが、世間にはそう考えていない人も少なからずいるようだ。

殺伐とした空気を、さらに殺伐とさせてなんの得になるのか。そっちのほうが不謹慎ではないのか、と筆者は思ってしまう。

実際に、どのくらいの人が不謹慎狩りを支持しているのだろうか。リサーチ会社「ジーリサーチ」の協力を得て、大学生以上の男女200人にアンケート調査を実施したところ、28・0％の人が「自然災害などがあった際、笑顔の写真をネット上にアップする、レジャーに参加するなどの言動を『不謹慎だ』と批判する人」に対して、「理解できる」と回答した。つまり3割近い人が自粛を要求していることになる。

豪華な食事写真をアップするのは常識がない？

なぜ、ささいな言動を不謹慎だと思うのか。回答者の意見を聞いていこう。

「何気ない言動が、熊本の人にはダイレクトにとらえられる。豪華な食事をアップすることなどは、一般人から見ると考えられない。『常識がないんだなぁ』と思ってしまう。東日本大震災の時は、ずっと同じCMが流され、全体的に自粛感が感じられた」（44歳／女性／大阪府）

「災害時に楽しむことを注意するのは当たり前」（39歳／男性／東京都）

「苦しんでいる被災者がいる今の状況で笑顔の写真を撮ることは、思いやりがない。見た人が不快になると思う」（36歳／女性／愛知県）

「売名行為や偽善にしか見えないタレントのわざとらしい行動は、見え透いていて不快極まりない」（56歳／男性／大阪府）

「笑顔の写真を撮ること自体は構わないと思うが、それを誰でも見ることができるネットにアップするのは理解しがたい」（36歳／女性／北海道）

「人の不幸を喜んでいるように見える」（32歳／男性／東京都）

「自分が被災者と同じ立場になって考えることが大切だと感じる。不謹慎な言動は、相手の状況や大変な思いをされている方々に対して、失礼だと思う」（21歳／男性／大阪府）

一方、不謹慎狩りを「理解できない」とする人の意見としては、「震災があったからといって全国民が自粛したら経済が回らなくなり、復興にもつながらない」（23歳／女性／神奈川県）、「大災害が起きても、それに巻き込まれなかった人たちは、いつも通りに生活するべき」（55歳／女性／大阪府）といったものが多かった。

また、被災地の大分県に在住する35歳の女性からは、「地震が不安だが、自粛されるとこちらまで気分が下がる」という声が寄せられた。

なぜ、自警団が闊歩するのか

ネット上には悪意が存在する。有名人や目立つことをした人の揚げ足をとり、悦に入りたい輩《やから》にとって、不謹慎という言葉は、まるで水戸黄門の印籠《いんろう》のように機能する。普段の鬱憤《うっぷん》を晴らすために、ここぞとばかりに「不謹慎」を連呼する行為こそが、不謹慎そのものである。被災地への支援を、「偽善」「売名」と罵《ののし》る。おそらく彼らには、災害が起きようと起きまいと関係ないのだろう。災害に便乗する〝不謹慎厨〟に過ぎない。

そうした輩は問題外だが、アンケートの結果からもわかった通り、犠牲者や被災者の気持ちを思うあまりに、不謹慎狩りに拘泥《こうでい》してしまう人も多い。


一つには、自身が被災者の「代弁者」だと思い込んでしまうタイプ。被災者の気持ちをおもんぱかって、「こんな大変な時に、楽しんでいるなんてけしからん！」とささいなことで相手を罵倒《ばとう》してしまう人々である。

しかし、被災者といっても一括《ひとくく》りにすることはできないし、被災者と同化することで事態が好転するとは思えない。被災者を思いやることはできても、被災者になることはできないのである。自身が被災者の代弁者であり、被災者のために不謹慎を批判していると考えるのは、思い上がりだ。こういうタイプは、不謹慎と感じる言動を目撃した時に、「〝被災者が〟ではなく、〝自分自身が〟その言動を許せないだけ」ということを自覚するべきである。

また、強い正義感から不謹慎狩りを行ってしまうタイプもいる。自分が考える災害時の「秩序」があり、それを乱すのが許せない、というわけだ。だから、自警団のように他人の言動を取り締まろうとするのである。この手のタイプは、「正義」のために活動している人たちであるため、いくら理屈で説明しても説得することはできない。自分の中の正義をまっとうすることは構わないが、それを他人に強要するのは控えたほうがいい。

もう一つ、被災者に対して、なにもできないという無力感から不謹慎狩りを行ってしまうタイプもいる。気持ちはわからないでもないが、被災者にできる支援が不謹慎狩りというのはいかがなものか。

ボランティアに行きたくても行けない人もいるのだろう。ならば、自分にできる範囲で寄付するのでもいい。たとえ金銭的な事情で寄付ができないにしても、被災者の苦しみに想いを寄せることはできる。それだけでも、自然災害時における立派な態度ではないか。少なくとも不謹慎狩りを行うことは、支援と対極にある行動だ。人それぞれ、自分にできることをやればいいのである。

日本は自然災害が多い国だ。大きな災害があるたびに、不謹慎狩りが横行する、学習能力がない国にしてはならない。

「タバコ休憩」は、非喫煙者にとって不公平なのか？

タバコを吸わない人に有休を与える企業が登場

喫煙者に対する風当たりが強くなってきている。受動喫煙防止に対する意識が高まり、一部では、公共の場での禁煙を法制化するべきという議論も巻き起こっている。

そんな中、マーケティング事業を展開するピアラが、非喫煙者（タバコを吸わない人）に対して年間最大6日の有休を与える制度「スモ休」を導入し、話題になった。背景にあるのが、「タバコ休憩」の問題だ。喫煙者は当然、勤務時間中にもタバコを吸うわけだが、その休憩により勤務時間に差が出るのは不公平、との不満が非喫煙者から寄せられているという。

喫煙者に対するこうした批判は、ネット上にもたびたび投稿されている。確かに、非喫煙者からしてみれば、タバコを吸うために頻繁に席を立つ喫煙者は、「サボっている」と映るのかもしれない。喫煙者にとっては、ますます肩身の狭い世の中になった。

私たちは、勤務時間中のタバコ休憩について、どのように考えるべきなのだろうか。

損失が15億円を超える職場

まずは、実際にどのくらいタバコ休憩で時間が浪費されているのかを見ていこう。

ファイザーが2016年5月に公表した調査結果によると、喫煙習慣のある管理職が、1日の勤務時間中にタバコを吸う回数は、平均で5・96回だった。10回以上と回答した管理職も28・0％いた。ちなみに、お昼の休憩時間以外の喫煙回数である。

これが、管理職を除いた新入社員、職員になると平均2・24回に頻度が下がるが、20・0％の人が勤務時間中の喫煙を注意された経験を持つという。さらに、神奈川新聞の報道（2016年3月10日付）によると、横浜市の職員には約4000人の喫煙者がいて、彼、彼女らが移動時間を含めて1日35分のタバコ休憩をとった場合、年間で19日も休んだことになり、15億4000万円の賃金ロスが発生すると試算されている。

筆者の元には、こんな声も届いている。ある30代の女性が勤めるオフィスでは分煙化が進み、喫煙所の数が減っているという。それはいいのだが、そのぶん喫煙所に行くのに時間がかかるようになったのか、喫煙者のタバコ休憩が長くなったと彼女は感じるようになった。タバコを吸わない身としては、やっぱり「喫煙者だけ休んでズルい」という思いもあるし、帰ってきた後の臭《にお》いも気になる、という意見だ。

1日数回の休憩だとしても、前述の報道で指摘されているように、それが全体として積み重なれば大きな損失となる。また、職場での小さな不和も、積み重なれば不公平感が溜まって、全体としての士気や生産性の低下につながりかねない。

当然、喫煙者の健康の問題もある。社員が健康を害してしまうと、その社員にとっても、会社にとっても大きな損失だ。「そんな事態を会社として看過することはできない」と対策を講じたのが、冒頭で紹介したピアラの新しい有休取得制度だったと言える。

〝禁煙ファシズム〟の声も

一方、現在は禁煙しているが、元はヘビースモーカーだった筆者からすると、喫煙者の気持ちも十二分に理解できる。個人的な経験から言えば、喫煙者はなにもサボろうとしてタバコ休憩をとるわけではない。タバコを吸うことで仕事の生産性を高めよう、もしくは生産性が下がるのを食い止めようとしているのである。

その行為自体がタバコに依存している証拠であり、タバコをやめてみるとそれが単なる思い込みだったことがわかるのだが、心も体も依存しきっている喫煙者がタバコをやめるのには、非常に大きな困難が伴う。筆者は、何度挑戦しても自分の力だけでやめるのが難しく、病院に通って治療する禁煙外来の力を借りてようやく禁煙に成功した（禁煙できずに悩んでいる人には、受診をお勧めする）。それでもやめられない人もいる。

「タバコに手を出したのは自分なんだから自己責任だ」と言われてしまうかもしれない。しかし、同時に、一度依存してしまった人は、やめたくてもやめられない事態に陥ることも理解しておきたい。タバコへの依存は、それだけ厄介なのである。

さらに、喫煙所で生じるコミュニケーションが仕事の役に立っていると主張する人も、なかにはいる。喫煙所にはさまざまな人が集まるため、部署や会社を超えた情報交換ができるというわけだ（この主張にどれだけ妥当性があるのかは、判断を保留する）。また、勤務時間の長短ではなく、仕事の成果で評価するべきだ、という考え方もあろう。

「タバコに限らず、お菓子やコーヒー、同僚とのおしゃべりと、勤務時間を浪費することはいくらでもあるのに、タバコ休憩だけが槍玉に挙げられるのはおかしい」（30代男性）という声もある。過剰な嫌煙が広がる動きを〝禁煙ファシズム〟と呼び、警戒する人もいる。

「タバコ＝絶対悪」と強硬に主張し、喫煙者を迫害するという世間からの圧力に対して抵抗したくなる気持ちは、現在は非喫煙者の筆者にも理解できる。なにかを変える時には、一方的に推し進めるのではなく、もう片方の意見に耳を傾けることも大切だ。

だが、いずれにしても健康のために、なるべくならタバコはやめたほうがいい。タバコ休憩に対する冷たい視線を、禁煙の励みにするくらいの気持ちが必要なのかもしれない。また、タバコ休憩を不公平だと思う非喫煙者も、「健康のために、タバコをやめたほうがいいですよ」という前向きなメッセージを伝えるようにしてはどうか。

タバコによる健康被害も、職場の不和も、できることなら避けたいものである。

「つながらない権利」の賛否
休日の仕事メールにも返信すべきか？

日常を侵食する〝即レス文化〟

「休日は仕事を忘れてリフレッシュ！」なんて発想は、もう古いのかもしれない。携帯電話が普及してからは、いつでも、どこでも連絡が取れるようになってしまったため、公私の境目が曖昧になってきている。特にスマートフォンが登場して以降は、電話のみならずビジネスメールも休日に受信、返信できるようになり、その傾向が顕著になった。

日本ビジネスメール協会が発表した「ビジネスメール実態調査２０１６」によると、「仕事でメールの送受信に利用している主な機器」（複数回答可）としてパソコンの次に多く挙げられたのは、スマートフォンで47・８０％だった。iPad などのタブレットも11・０８％となっている。それだけ、休日に対応できる環境が整っているということだ。

また、仕事で1日に送信しているメールは平均12・13通だという。1通作成するのにかかる平均時間は7分という調査結果から計算すると、少なくとも1日84分をメール対応に使っていることになる。ちなみに、86・24％の人が1日以内の返信を望んでいる。その要望に休日も関係なく応《こた》えようとすると、確かに大きなストレスになりそうだ。

ビジネスにおけるコミュニケーションの速度は、加速の一途をたどっている。〝即レス文化〟が日常を侵食し、プライベートな時間にも迅速な対応を迫られる。そんななか、ヨミウリオンライン（読売新聞）は2016年9月6日付の記事で、休日にビジネスメールのやり取りをしないで済む「つながらない権利」について問題提起し、大きな反響を呼んだ。記事によるとフランスでは「つながらない権利」を法制化する議論が行われているそうだ。

そこで筆者は、リサーチ会社「ジーリサーチ」の協力を得て、全国の男女200人にアンケートを実施し、休日や勤務時間外における仕事上のやり取りについて調査することにした。ヨミウリオンラインの記事では、主に「社内メール」が問題になっていたが、この調査では社内に限らず取引先からの連絡（メール、電話含む）についても対象とした。

果たして、どれくらいの人が「つながらない権利」の必要性を実感しているのだろうか。

「善意につけ込んだフリーライダー」を野放しにするな!

まずは、「つながらない権利」の必要性についてのアンケート結果から。

Q「つながらない権利」は必要だと思いますか?

A　は　い……73・0%

　いいえ……27・0%

7割以上の人が、休日や勤務時間外に仕事上のやり取りをしたくないとの意思を持っていることがわかった。それだけ、現在の状況に辟易《へきえき》している人が多いということだろう。

「プライベートの時間にまで仕事の事を考えたくもないし、縛られたくもない」(36歳/男性/自営業)というのが、現場で働く人たちの平均的な感覚ではないだろうか。

さらに、こんな意見も寄せられた。

「勤務時間外は自分の自由な時間であって、給料をもらっている時間ではない」（35歳／女性／事務系）

「保守対応などで待機に賃金が払われていることもあるが、多くの場合はタダ働きであり、対応を求めるのは言わば相手の善意につけ込んだフリーライダーである。そのような人をつけ上がらせるべきでない」（39歳／女性／技術系）

勤務時間外の対応は、あくまで労働者側の善意だ。その善意につけ込んで要求をエスカレートさせる輩を野放しにしていると、「勤務時間」という概念が恣意《しい》的に拡張され、24時間365日、全人格を仕事に捧げることが当たり前になってしまう、ということだろう。

また、「休日対応を常態化してしまうと、勤務時間を定めている意味がなくなってしまう。生産性の低下や、ワークライフバランスが崩れることによるモチベーションや集中力の低下を引き起こす可能性もある」（36歳／男性／営業系）という意見もあった。休日や勤務時間外に対応を迫られることにより、仕事の質が下がってしまうというのである。

社畜の哀しみ？　休日の連絡を巡ってトラブルも

一方で、「つながらない権利」を必要としない派の意見には、次のような内容が多かった。

「勤務時間外であっても、会社員である以上、対応するのは仕方ない」（57歳／男性／営業系）

「会社を出た後も、なにかトラブルがあった時の連絡かもしれないので無視はできない。電話に出られない場合は、メールなどで連絡を取るべき」（44歳／女性／技術系）

「業務上、緊急の問い合わせはあり得るので、まったくつながらないのも問題」（47歳／男性／営業系）

「お客さんあっての仕事だから、どんな状況でも出られる範囲で対応したほうが良いと思う」（37歳／男性／経営者・役員）

責任ある社会人であり、かつ緊急に連絡が取れる手段がある以上、なにかあった時のために心の準備をしておくのが大切だということだろうか。こうした意見を「社畜」と断じてしまうのは簡単だ。仕事を第一に考える彼らは、社会人の模範とも言えるが、一方で「つながらない権利」を必要とする人たちにとっては、厄介な存在でもある。

これまで見てきた通り、「つながらない権利」の問題については、それぞれの立場や意見が複雑に絡まり合い、職場におけるトラブルの火種になっていることが読み取れる。

実際に、今回の調査では、16・0％の人が、「休日、勤務時間外の連絡を巡って、言い争いやトラブルに発展したことや、不快な思いをしたことがある」と回答した。具体的には、「一般的には非常識な時間（日付をまたいだ深夜～早朝）に上司から『まだ確認していないのか！』といった催促が続き、心の病気になった人がいた」（28歳／女性／自営業）、「バカンス中に仕事のシフトの急な変更連絡が来て、日常に引き戻された気がした」（29歳／男性／技術系）などの声が寄せられている。どれも他人事《ひとごと》ではないトラブルだらけだ。

「できる／できない」と「する／しない」

では、いったい「つながらない権利」を、我々はどのように考えればいいのだろうか。前提として、テクノロジーの進化により、「できない」ものが「できる」ようになってしまった現実がある、ということを忘れてはならない。

「できる」ことが増えれば増えるほど、我々の選択肢は広がる。しかし、「できる」からといって、必ずしも「しなければならない」わけではない。「できる／できない」と「する／しない」は別の問題であるはずなのに、これまでは「できる」という現実だけが強調され、「する／しない」の選択を判断する議論が十分になされていない状態だった。

つまり、「連絡できる／できない」の前に、「連絡する／しない」の是非を考えるべきだ、ということである。まずは、休日や勤務時間外の対応は「仕事」なのか、そうではないのか。仕事ならば、賃金が発生するのか、しないのか。現場の軋轢をなくすには、ルールを整備するほかない。

また、働く側としては、「自分はどこまで対応するか」を決めておかなければ、仕事とプライベートの境目が曖昧になってしまい、ストレスを抱えてしまうことにもなる。

今回の調査では、「メールは内容を確認して基本は翌日返信、電話は数回かかってくるようなら出る」（29歳／男性／事務系）といったルールを決めている人もいた。業種や立場によって違ってくると思うので、自分が無理なく対応できるルールを作る必要がありそうだ。

さらに、重要なのは休日や勤務時間外の人に連絡をする側の心構えだ。アンケート調査にもあった通り、悪いとわかっていても、どうしても緊急に連絡を取らざるを得ないケースは確かにある。

しかし、そうした重要な事態が発生した際、確実に連絡を取るためにも、緊急性の低い連絡は避けたほうがいい。オオカミ少年の例ではないが、常日頃から「至急」「緊急」などと連呼していると、本当に大切な時に無視されることになる。

あなたは、「つながらない権利」について、どのように感じるだろうか。新しいテクノロジーが登場した際は、必ず常識が問われ、新旧の考え方が衝突して、概《おおむ》ねの人が納得できる落としどころが模索されていく。

休日や勤務時間外における仕事上のやり取りについては、まさに今、「新しい常識」が作られようとしている最中だ。ルールや法律の整備を含めて、これからさらに議論が活発になっていくことだろう。

嫌いな上司からのSNSでの友達申請は承認すべきか？

ビジネスパーソンの現代的な悩みの種

前項では、休日や勤務時間外に仕事上のやり取りをしないで済む「つながらない権利」について取り上げた。特にスマートフォンが普及してからは、オフィス外でのメールの送受信が気軽になったため、公私の境目がつきにくくなってしまうケースが多く報告されるようになった。前項では、電話やメールに絞って話をしたが、「つながらない権利」を考えるうえで忘れてはならないのが、ソーシャルメディアの存在である。

最近では、ツイッターやフェイスブックなどのSNSで職場や取引先の人とつながるか否かが、多くのビジネスパーソンにとって悩みの種になっている。フォローや友達申請をされることを不快に思う人も一定数いて、「ソーシャルネットワーク・ハラスメント」（ソーハラ）という言葉まで登場している。

愛知工業大学が作成した冊子「教職員向けガイドブック　STOP！ハラスメント」によると、〝「いいね！」の連発〟もソーハラの一種になるらしい。考えすぎだと思う人がいるかもしれないが、常に同じ人から「いいね！」を押されると、日常生活を監視されている気持ちになる場合もある。それが上司や取引先の人だったらなおさらだ。

「いいね！」を押している本人は良かれと思ってやっていたとしても、やられた当人からするとストレスやプレッシャーになっているという構図は、多くのハラスメントに共通するものである。

実際に部署に新人が入ってきたら、まずはSNSのアカウントを探してみる、なんて話はよく聞くし、投稿やコメントを巡って職場や取引先の人とトラブルになったという事例もたくさんある。プライベートの投稿を見られることを防ぐため、複数のアカウントを使い分けている人も珍しくない。

この項では、SNS上の「つながらない権利」について考えていく。

コメント強要、画像保存、グループ外し……

オウチーノ総研が2016年5月に発表した「SNSと職場コミュニケーション」実態調査によると、職場の人とつながっているソーシャルメディアで一番多いのは、LINEで61・3％。次いでフェイスブックが37・6％、ツイッターが20・5％、インスタグラムが17・7％の順となっている。かなりの割合でつながっていると言えそうである。

しかし、仕事上の人とつながることに対しては、否定的な声が多い。特に「社長や役員」とは73・4％、「上司」とは63・6％が「つながりたくない」と思っている。

一方で、同僚、後輩とは「自ら進んでつながりたい」「つながるのは嫌ではない」と思っている割合が高く、立場が上の人とつながることをプレッシャーやストレスに思うパターンが多いようだ。

嫌々つながっていれば、当然トラブルが起きる。同調査によると、ソーハラを受けた経験がある人の割合は17・6％。実際に、ソーハラだと感じた行為とその割合は、以下の通りだ。

・フォローや友だち申請などを強要された（9・7％）
・SNSの投稿内容のことを職場などで話題にされた（7・1％）

・「いいね！」やコメントなど、投稿に対する反応を求められた（5・3％）
・自分の投稿を逐一チェックされ、そのたびに「いいね！」やコメントなどの反応をされた（4・7％）
・SNSの友だちやフォロワーのことを、職場などで話題にされた（2・8％）

やはり、ここでも〝「いいね！」の連発〟が問題となっている。さらに、愛知工業大学のガイドブックでは、「投稿された写真をダウンロードしている」「『友達』『グループ』外し」もハラスメントの一種だとされている。写真をダウンロードされたら、確かに気持ち悪い。

しかも、仕事上の関係が絡むとプライベートとは違い、「嫌ならブロック」というわけにはいかないから面倒だ。職場とSNSを巡る問題の肝は、面と向かって「つながらない権利」を主張しにくいところにある。

私的空間を侵す上司の「いいね！」

筆者のような自由業（フリーライター）ならば、仕事関係の人とSNSでつながるメリットは大きい。仕事のPRにもなるし、気軽な連絡手段にもなる。仕事上の関係を選択する自由が勤め人よりも広く、仮にSNSでつながっていたとしても、「嫌ならブロック」を最終手段として行使することが可能ではある。

しかし、職場の上下関係、取引先との関係に縛られがちな勤め人にとっては、SNSでつながることくらい煩わしいことはない。嫌な上司や取引先だからといって、関係を切るわけにはいかないからだ。「SNSでつながろうよ」と求められて、断るのにも勇気がいる。

メールや電話より気軽に送れるぶん、休日や勤務時間外の連絡がソーシャルメディアを通して行われることもある。LINEやフェイスブックのメッセージは、読んだかどうか（既読かどうか）が相手にわかるため、送信主が上司や取引先だとしたら、休日や勤務時間外でも迅速な返信が求められる。場合によっては、こうしたこともハラスメントだと感じる人がいるかもしれない。

プライベートな投稿に、「いいね！」やコメントで反応されると、せっかくのリラックスした気分が台無しになることもあろう。仕事とプライベートを分けたい人にとっては私的空間への侵食でしかないからだ。物理的空間ではつながらなかったはずの公と私が、オンライン上でつながってしまう現在、「SNS上でつながらない権利」をどう確保するべきか。

愛知工業大学のガイドブックではソーハラ対策として、

・知られたくない人の前ではソーシャルメディアを利用している話をしない
・自分の意向に合った公開、検索設定をする
・ソーシャルメディアに対しての自分の関わり方を決めておく
・文字を媒体とするため、人によって受け取り方が異なる点に注意する

などが挙げられている。最強の対策としては、「SNSをやらない」があるが、現代においてSNSは生活に必要なインフラとなっていると言っても過言ではないため、この選択には、それ相応のリスクもつきまとう。ならば、やはり自衛策を考えておかなければならない。

あなたは嫌いな上司から友達申請が来たら、どのように対処するだろうか？　事前に想定して、対応を考えておく必要がある。現代は、リアルな場だけではなく、ソーシャルメディア上でも「社交術」が求められる時代なのだ。

SNSに顔写真を無断投稿するのはハラスメントなのか？

8割近くの人が「無断投稿は不快」

最近話題になっている言葉で、「フォトハラスメント」（フォトハラ）というものがある。SNSに無断で顔が写った写真が投稿されてしまい、不快な思いをすることを指す言葉だという。また新たな「ハラスメント」が登場したのか、とうんざりする人がいるかもしれないが、ただの記念撮影のつもりが全世界に向けて発信されてしまい……、なんて経験は誰でも一度はあるはずだ。

日本法規情報は2018年1月18日、「フォトハラスメントに関するアンケート調査」の結果を発表した。それによると、フォトハラという言葉を知っている人は4割にものぼった。意外と浸透している言葉のようである。

さらに、「仲のいい友人や職場の人が、自分に許可なくSNSに勝手に写真をアップすることはフォトハラだと思うか?」という質問には76%の人が「はい」と回答。自分の写真を無断投稿されることに対して、拒否感があることがわかった。

フォトハラについて、世間の人はどのような思いを抱いているのだろうか。

タグ付けで、プライバシーが侵害される?

まず、一番多い意見としては、自身のプライバシーについて心配する声である。同調査によると、「SNSに写真をアップすることがハラスメントにあたる理由」として、47%もの人が「プライバシーの侵害に値するから」と回答している。次に多かった理由が、「投稿された写真が悪用されるかもしれないから」で、28%となっている。

SNSに写真をアップすることは、すなわち全世界に向けて自分の顔写真が公開されるということである。公開されるだけではなく、当たり前だが保存、複製も容易に行える。そうした状況に自分の写真が置かれることに対して、不安に思う人がいるのだ。

さらに最近では、タグ付け機能もあり、写真に写っている人がどのような人物であるかを特定しやすい。タグ付けからたどって個人アカウントを見られ、ほかの投稿から読み取れるプライベートな情報が第三者に知られてしまう可能性がある。下手をするとなんらかの形で悪用されるのではないか、と危惧する人が出てきてもおかしくない。

タグ付けに関しては、SNSによっては許可制で行う設定もあるので、気になる人はぜひ試してみてほしい。自衛は、可能な限り行わなければならない。

なんであの子だけ可愛い写真を……

同調査によると、次に多いのが、「どんな写真が投稿されているか不安を抱くから」（18%）という声である。ある20代の女性は、筆者にこんな不満を話してくれた。

「友人の女子が、インスタグラム、ツイッター、フェイスブックと、あらゆるSNSに写真を投稿するのですが、自分が可愛く写っている写真ばかり投稿して、ほかの人の写真写りはまったく無視。私が目をつぶっている写真や、端っこのほうに写って顔がゆがんでいる写真なども平気でアップしてしまう。正直いつもモヤモヤしています」

この手のトラブルは、最近になって至るところで聞くようになった。せっかく自分が写っているなら、よく撮れている写真、もしくは加工アプリできちんと見映えを整えた写真を投稿したいのは誰でも同じだ。しかし、集合写真などでは、全員が納得する写真写りで撮れているなんてことは滅多にない。結局は、写真をアップする本人が一番綺麗に撮れている写真を選んでしまいがちになるため、ほかの人は不満が募る。

加えて最近では、電車の中で寝ている姿などを隠し撮りされアップされる、なんていうトラブルも発生しているから注意が必要だ。スマホとSNSの普及により、いつでも、どこでも写真を撮られる可能性があるのが、現代社会の特徴なのである。

自分だけNGだとは言い出せない気まずさ

さらに、筆者の元には30代男性から、こんな声も届いている。

「友人の誕生日パーティーの時、最後にみんなで記念写真を撮った後に、幹事の男性が、『今の写真、SNSにアップしてもいいですか？』と許可を求めてきました。僕は嫌だったのですが、一人だけNGだとはとても言い出せず……。フォトハラという言葉を聞いて、もしかしたらこれもそれにあたるのではないかと思いました」

ほかにも、「参加していると知られたくない会合の写真が、普通にフェイスブックにアップされていて、本当に困りました」（30代女性）という声もあった。別の誘いを断って参加している会合の写真などは、できれば公開してほしくないと思う人もいる。また、ビジネス上の理由で、参加していることがバレるとまずい会合もある。SNSにアップされた写真で不快な思いをすることは、今後あらゆる場面で増えてきそうである。

フォトハラという新しい言葉は、まだ登場したばかりで、その定義も明確には定まっていない。だからこそ受け止め方が人それぞれのため、もめ事の要因になる可能性があるのだ。

被害にあわないよう自衛策を講じることも大切だが、自分が加害者にならない心がけも必要である。

「iPhoneから送信」署名はなぜ嫌われるのか?

新しく登場したデジタルマナーに困惑

自分にまったくそのつもりがなくても、無意識で人をイラつかせてしまうことがある。その代表例だと筆者が思っているのが、「iPhoneから送信」問題だ。

ご存じの方も多いと思うが、「iPhoneから送信」とはiPhoneからメールを送る際に表示される文末の署名。しかし、周囲に聞いてみると、この署名付きでメールを送ってくる人の評判がすこぶる悪い。グーグルで「iPhoneから送信」と検索してみても、予測で「うざい」と出てくるほど、人をイラつかせている。グーグル先生が「うざい」と言うくらいなのだから、よっぽどうざいのであろう。

世の中にはさまざまなマナーがあり、それに反すると不評を買う。最近では、インターネットやデジタルツールの普及によって新たなマナーが追加されている。この新たなマナーは明確な合意がなされていないものが多く、人によって受け取り方もバラバラだ。だからこそ、無意識で人をイラつかせてしまうことになる。

「iPhoneから送信」問題は、「それくらい別にいいじゃないか」と考えている人や、そもそも気にしてすらいない人がたくさんいる。その一方で、「うざい」と感じる人も存在し、「新しい時代のマナー」として議論になることがたびたびある。

署名を付けるのは自己主張なのか

なぜ、「iPhoneから送信」は、こんなにも人の心を逆なでするのだろうか。

よくある意見は、「iPhoneを使っている自分を誇示しているように見える」というものだ。確かに一部のiPhoneユーザーは、「iPhoneこそが、一番イケてるスマホ」と思っている節がある（アップル製品全般にも言えることだが）。そうした不遜な態度を、「iPhoneから送信」という署名から読み取る人がいるのだ。

つまり、「iPhoneから送信」という何気ない一文が、「自己主張」だと受け取られてしまうのである。なかには、「iPhoneの宣伝かよ！」と感じる人もいる。

考えてみれば、奇妙な一文ではある。筆者が知らないだけかもしれないが、ほかのメーカーで同じような署名が付けられるのだろうか。パソコンからメールを送る際に、「dynabookから送信」「VAIOから送信」などと機種名がいちいち入っていたら、誰もが引っかかりを覚える。

しかも、熱狂的な信者の多いアップル製品だ。「イケ好かない自己主張」と思う人がいてもおかしくない。

あえて「iPhoneから送信」を入れる場合も

さらに、「忙しい自分をアピールしているように見えてうざい」との意見もある。これも、ある種の自己主張だと受け取られてしまうパターンである。

どういうことなのか。

日本ビジネスメール協会が2015年に発表した調査結果によると、スマートフォンでビジネスメールを送受信している人は、34・53％にものぼっている。筆者もそうだが、出先でスマートフォンを操作し、ビジネスメールを返信することはよくある。「なるべく早く対応しなければ」という気持ちから、よかれと思ってやっていることだ。しかし、そこに「iPhone から送信」という一文が入っていると、「出た！　忙しいアピールですか？」と思われてしまうこともある、というわけである。

一方、忙しい時はあえて「iPhone から送信」という一文を付けている人もいる。というのも、出先では落ち着いてメールを打つことが難しい。しかし、早急に返事をしなければいけない。そういった時に、「iPhone から送信」をあえて付けておくことで、多少の文章の乱れや雑さを免罪してもらおうとするのだ。

また、こんな場合も「iPhone から送信」が活用されることになる。

スマートフォンの普及により、勤務外の時間や自宅でもビジネスメールが返せるようになったことは、すでに述べた通りだ。勤務外の時間に、早急な返信が必要なメールが送られてくることもしばしばある。そんな時、「私は、時間外に対応しているんですよ。プンスカ！」という多少怒りのこもったアピールのために、署名を活用するのである。

当然、「iPhoneから送信」を言葉の通りに解釈すれば、「iPhoneという機種のスマートフォンから、私はメールを送信しましたよ」という意味にしかならない。しかし、日本人は、その一文にさまざまな意味を読み取ったり、意味を含めたりする。そのこと自体が、面倒臭い状況であると言えなくもない。

なかには、忙しいことをアピールするために、パソコンでメールを送る際にも「iPhoneから送信」とわざわざ付け足す強者もいるようだ。「iPhoneから送信」は、「私は今とても忙しいのです」と翻訳することが、新しい時代のマナーなのだろうか。

意識高い人が署名にイラつく理由

さらに、「iPhoneから送信」が嫌われる理由として、「iPhoneから送信」という署名を付けてメールを送ってくるのはデジタルリテラシーが低い証拠であり、そういう意識が低い人を見ているとイライラする、といった意見もある。

「iPhoneから送信」という署名が付くのは、iPhoneの初期設定によるものだ。簡単な操作で変更することができるのになぜ変えないのか、というわけである。

無茶苦茶な意見ではあるが、確かに「リテラシーが低い」という指摘は当たっている部分がある。なにを隠そう筆者も、この初期設定をいまだに変えていない。イライラする人がいることがわかっているため、メールを送る際は「iPhoneから送信」を手動で削除するが、たまに忘れてそのまま送ってしまうことがある。

手動で削除するくらいなら、なぜ初期設定を変えないのか。意識が高い人は、そう感じるのであろう。「意識が低くてすみませんでした」としか言いようがないが、ほとんどの人は筆者と同じように「なんとなく」で過ごしてしまっているのだ。

これからも未解決のまま続いていくであろう「iPhoneから送信」問題。こんなに面倒臭いことに巻き込まれるくらいなら、さっさと初期設定を変えてしまうのが一番だとは思うが、アップルの創業者、スティーブ・ジョブズ氏が遺した名言「今日が人生最後の日だとしたら、今日やろうとしていることは本当に自分がやりたいことだろうか？」を思い出し、思い留《とど》まってしまうのである。

「ハンズフリー通話」はなぜ違和感があるのか？

突然、見知らぬ人から「ご無沙汰しております」

新しい技術が発明されると世の中が便利になる一方、必ず反発が起こる。だが、その技術が社会に浸透し、人々が慣れてくるにつれてその反発は収まっていくものだ。

しかし、どうしても慣れないものがある。いつまで経《た》っても、違和感を拭《ぬぐ》い去ることができない。筆者にとって、携帯電話の「ハンズフリー通話」がその代表例だ。

専用のイヤホンやマイクを利用して、携帯電話を顔に近づけることなく使用できるハンズフリー。手が疲れない、両手が自由に使えるなど、便利な点も多いが、周りの人からしてみると、電話をしているのか、独り言を発しているのかわかりにくいという問題点がある。

先日、コンビニのレジに並んでいたところ、後ろにいたビジネスパーソン風の男性が唐突に、「ご無沙汰《ぶさた》しております」と話しかけてきた。驚いて後ろを振り向くと、なにかが変である。男性と視線が合わないのだ。筆者のほうではなく、ぼんやりと斜め上に視線を向けている。いぶかしがる筆者をよそに、男性は大きな身振り手振りでなにかを必死に話し続ける。時々お辞儀のような動作もしている。そして最後にもう一度深々とお辞儀をすると、素知らぬ顔をして元の静かな状態に戻っていった。

こんなこともあった。

街を歩いていると、突然、前から歩いてきた若い男性に「どうも！」と挨拶《あいさつ》された。とっさに筆者も軽く手を上げて、「どうも！」と会釈を返す。しかし、若い男性は、はるか前方に視線を向けたまま、なにやら楽しげに話をしながら通り過ぎていってしまった。

どちらのエピソードとも、大袈裟《おおげさ》ではなく、心臓が止まるかと思うくらいに驚いたことを覚えている。ハンズフリー通話は、周囲からすると心臓に悪い行為なのである。

電話は耳と口に当ててするという固定観念

そんな自分を筆者は、「古い人間だな」と思う。しかし、仕方がないのである。どうしても違和感がある。おそらく、固定電話のイメージにとらわれているからなのであろう。電話は耳と口に当ててするものであってほしい。そこは、絶対に譲れない。

ある種の「世代の限界」というものなのだろうか。ベルが鳴ったら、受話器を取って「もしもし」と言って会話する。この一連の動作が頭と体に染み付いて離れないのだ。

しかし、固定電話をかけたことがない新入社員がいるという噂《うわさ》があるくらいだから、若い世代は違和感がないのかもしれない。仮に10年後に、誰もがハンズフリーで通話するようになったらどうだろう。筆者は、恐ろしくて家に引きこもると思う。

一方、筆者はイヤホンを耳に差してiPhoneで音楽を聴きながら歩いていることが多いため、電話がかかってきたら、iPhone本体を口の近くに持っていき、そのまま通話することがある。これにも違和感がある人はいるだろうが、少なくとも顔に近づけているため、周囲からは電話をしていることがわかりやすく、ハンズフリーの違和感とは、また別物だ。

とにかく、ハンズフリー通話には、世代的に越えられない壁があるように思う。エピソードの例のように、ハンズフリー通話をしているのは、男性のビジネスパーソンに多い気がするが、どういう心持ちで行っているのだろうか。まったく理解できない。

あなたは、小便を漏らすことができるか

フェイスブックが日本に上陸した当初は、「実名のSNSをやる人なんて、日本人にはいない」と言われていたが、現在では多くの人が実名での交流を楽しんでいる。ツイッターやスマートフォンが普及する際も、同じような反応があったと記憶している。クルマだって、洗濯機だって、はたまたウォシュレットだって普及当時には違和感があったのかもしれないが、時が経って隅々まで行き渡ってしまえば、それが当たり前になる。

しかし、携帯電話のハンズフリー通話だけは、いつまで経っても違和感が残る。どんなにテクノロジーが進歩しても、電話は顔に近づけて通話してほしいのである。

世の中、便利になればいいというものではない。たとえば、小便を漏らしても、濡れも臭いも気にならない画期的なパンツが発明されたとして、人々は嬉々として漏らすだろうか。そうはならないと思う。筆者にとって、ハンズフリーも同じなのだ。繰り返すが、

「できる／できない」と「する／しない」の判断は、別の問題なのである。

仮に、利便性だけを追求するなら、ハンズフリー通話をしながら小便を漏らす人が出てくるかもしれない。両手を使ってパソコンを操りながら、電話と小便とを並行して行えるのであれば、忙しいビジネスパーソンにとっては、非常に便利で有益だからだ。

しかし、便利で有益でも、違和感があるものはある。テクノロジーが進歩し、いろいろなことが可能になったとしても、すべてを受け入れられるわけではないのだ。ハンズフリーで通話をしている人は、筆者からするとやっぱり変なのである。

人間には、どうしても越えられない常識の壁が確実にある。

焼き鳥の串外しは無粋な行為か？

出どころが不明の「平成しぐさ」

世の中には、さまざまな常識がある。コミュニケーションや社会システムが複雑化した現在においては、よりその内容が細分化し、日常生活のルールとして浸透している。

デジタル大辞泉によると、常識とは「一般の社会人が共通にもつ、またもつべき普通の知識・意見や判断力」という意味なのだそうだ。補説に「common sense の訳語として明治時代から普及」とあるのが面白い。それ以前は、どのような言葉で言い表されていたのか、もしくは常識という概念すらなかったのか、寡聞にして知らない。

ところが、現在においては、「一般の社会人」が「共通」した常識を持つことが難しくなっている。人々の間で微妙に食い違う常識に対する考え方は、しばしばSNS上で可視化され、論争の種になる。常識が炎上の種になるのだから、日本人の常識観も大したものである。そもそも「一般の社会人」「普通の知識・意見や判断力」なるものが存在するのかも疑わしい。

2016年の冬、ネット上で、ある論争が巻き起こった。

きっかけは、東京・田町などに店を構える「鳥一代」の店主が、「焼鳥屋からの切なるお願い」と題した記事をブログに投稿したこと。店主は、「ここ数年。大多数のお客様が、焼き鳥を串から外してシェアをして食べられています。焼き鳥として…凄く悲しい」とし、一口目を大事にするため頭の部分を大きめにする、串の真ん中より上の部分に塩を強めに振るといった、串に刺して調理する焼き鳥ならではのこだわりを紹介。「その一本の中にドラマがある！　その焼き鳥が…テーブルにつくなり、バラバラに。これだったら切った肉をフライパンで炒めても同じです」と訴えた。

この投稿に対する反響は、店主の想像を超えるものだったようだ。フェイスブックのシェア数は3万2000を超え、ネットニュースのみならずテレビのワイドショーをも巻き込んで論争が拡散した。それだけこの問題について、モヤモヤしていた人が多かったのだろう。

焼き鳥を串から外して食べるようになったのは、いつ頃からなのだろうか。店主は、

「ここ数年」としているが、筆者が大学生だった18年ほど前にはすでに、串から外す「常識」が存在していたと記憶している。串から焼き鳥を外す先輩の所作を見て、「なるほど、そういう心遣いがあるのか」と感心したものだった。以来、焼き鳥が提供されたらまずは串から外すことが、筆者の中でなんとなくの習慣になっていた。「串から外して食べなければ、不快な思いをする人がいるのではないか」と。

いつから定着したのかは不明だが、焼き鳥を串から外したことがない、もしくは外している人を見たことがない人はいないだろう。江戸時代の人々が日常的に守っていたマナーを「江戸しぐさ」と名付け、普及させる動きが一部であったが、史実や学術的な裏付けがないとして批判が集中した。焼き鳥を串から外して食べることも、いつか同じように真偽不明のまま語られることになるかもしれない。

誰が始めたかわからない。しかし、確かに存在するその暗黙の常識は、もはや「平成しぐさ」と呼べるものだ。

この論争についての筆者の立場は最後に語るとして、まずは世間の反応から紹介しよう。

手が汚れるのはちょっと……

ネット上では賛否両論を呼んでいる「焼き鳥論争」だが、筆者の周辺で聞き取りしたところによると、「串から外す派」が多数を占めた。意見として最も多かったのは、やはり「串から外して取り分けたほうが、大人数で食べやすい」というものだった。

たとえば、3人で焼き鳥屋に入ったとすれば、同じ串3本を注文することができよう。1人1本を自分のものとして、そのままカブリつけばいいのだ。しかし、20人だったらどうだろうか。ハツ、つくね、レバーといった定番メニューを20本ずつ頼むのは無理があるように思える。ならば、注文するメニューの種類を増やし、串から外して分ければ、20人が自分の食べたい焼き鳥を少しずつ食べることができる。

この発想の根底には、「人がカブリついた串に、後から自分がカブリつくのは不衛生」という考え方がある。また、「何度も串に触ると手がベトベトしてしまうため、いっぺんに串から外して、取り分けてから食べたい」と感じる人も少なからずいる。

さらに、こうした実利的な理由だけではなく、そもそも焼き鳥が提供されたら、ほかの人に配慮して取り分けることが当然のマナーだと思っている人も多い。かくいう筆者もその一人だったため、焼き鳥を串に刺すことにこだわりを持っている提供側や、串から外すことをよしとしない通人がいることに、思い至ることすらなかった。

いつのまにか暗黙の常識として認識し、深く考えずになんとなく串から外していた派としては、今回の論争は焼き鳥の奥深さに触れるよい機会だったと感じた。

本当に串に刺さっていなければいけないのか？

さて、この論争の決着点だが、身も蓋《ふた》もないことを言ってしまうと、「各々が好きなようにすればいい」ということに落ち着くように思う。串から外して食べたければそうすればいいし、串のまま食べたいならそうすればいい。串から外して取り分けようとする人がいる中で、串にカブリつくのは勇気がいるかもしれないが、串に対して強い思い入れがあるならば、強気のスタイルを貫き通せばいいだけのことだ。

また、店側がどうしても串から外してほしくないなら、串揚げの「ソース二度づけ禁止」のように、「串から外すのお断り」というルールを作ればいい。その店主の思想に賛同する人は常連客になるだろうし、そうでない人は足が遠のくだけのことである。

ただ、「実利」と「こだわり」を両立する術《すべ》はないだろうかとも思う。ブログの店主は、串から外すならフライパンで炒めても同じとするが、実際に炒めるタイプの焼き鳥は存在する。一例が、ご当地グルメとして知られる愛媛県の「今治焼き鳥」だ。

今治市のホームページによると、「熱々の鉄板の上から、大きな鉄のコテで肉を押さえ、ジュージューと豪快に焼く個性的なスタイル」の焼き鳥だといい、商売人が多く、せっかちで待つのが嫌いな気質から、当地に定着したのだという。店舗ごとにこだわりのタレがあり、特に皮焼きが名物なのだとか。とても美味《おい》しそうだ。

そのほか、セブン-イレブンでも「焼鳥盛り合わせ」という串から外した焼き鳥の惣菜が販売されている。塩、タレ、つくねに、ミソ風味の調味料がついたこの商品は味、ボリュームともに申しぶんなく、筆者も晩飯のおかずとして重宝している。

さらに、どうしても串にこだわるならば、ハツ、つくね、レバーといった定番メニューを一つずつ一串に刺した〝バラエティ焼き鳥〟を開発してみてはどうか。火加減、塩加減など調理に工夫が必要になるものの、そこは腕の見せどころだ。すでにそういったメニューがあるかどうかはわからないが、きっと人気が出ることだろう。

どうせ外すけど、必要不可欠な哲学的存在

と、ここまで書いて、やはりしっくりしない感じが残る。そう、やはり我々が知っている慣れ親しんだ普通の串刺しスタイルでなければ、焼き鳥を食べた気にならないのである。

しかも、それを串から外してばらけさせるまでの過程を含めて、我々が大衆食として愛着を抱いている「焼き鳥」の概念を構成していると、筆者は考えている。バラバラの焼き鳥を食べるにしても、串を外す過程を経ないと、焼き鳥だとは言い難い。

批判を恐れず無茶を承知で主張すると、串を外して食べても美味しい焼き鳥があるのに越したことはないと思う。「串から外して食べなければ、不快な思いをする人がいるのではないか」と忖度する無言のやり取りが、焼き鳥の味を新たな局面へと押し上げるからだ。

わざわざ串に刺して調理しているのに、わざわざ串から外して食べる——。外国人から見たらナンセンスに思えるその行為に、筆者は形式美を見出《みいだ》す。後世に残すべき、「平成しぐさ」がそこにある。

どうせ外すのに、肉を一本刺しにする串。焼き鳥にとっての串は、必要ないのに絶対に

必要だという哲学的な存在なのである。無駄の中にこそ、文化は宿るものだ。

合コンの楽しみ方を知らなかった筆者に、ある友人は「見ず知らずの初対面の女子に、サラダを取り分けてもらう時の、なんとも言えない気まずさがオツ」なのだと教えてくれた。なるほど、食材の味や調理法だけではなく、それを取り巻く「文化」も含めて料理なのだと、その時に気がついた。一生懸命働いた後に飲む一杯目のビールが格別なように、気まずさが詰まったサラダには、ほかにはない味があるのだ。

そして、さまざまな思惑が詰まったバラバラの焼き鳥も、これまた格別なものである。

エスカレーターの〝片側空け〟は間違いか？

間違って浸透してしまったマナーの代表例

世の中にはさまざまなマナーや常識があるが、なかには間違って浸透してしまったものも存在する。その最たる例が、エスカレーターの〝片側空け〟の文化であろう。

周知の通り、エスカレーターに乗る際は、左側に寄り、右側を空ける（関西などでは逆に、右側に寄り、左側を空ける）ことが常識になっている。しかし、誰もが当たり前にやっているこの慣例が、実は間違っているということをご存じだろうか。

そもそも、なぜ片側に寄るのかというと、急いでいる人が空いている側を歩行できるようにしようと配慮するためだ。立ち止まってエスカレーターに乗りたい人は片側に寄って手すりに摑《つか》まり、そうでない人は空いている側を歩いて上り下りする。そんな光景は、日本全国どこに行っても見慣れたものになっている。そうすることによってスムーズな通行が可能になると、多くの人が信じ切っているように思う。

ところがそれに反し、鉄道各社や関連団体は、エスカレーターの歩行禁止を呼びかけているのだ。「片側に寄って、片側で歩行する」というこれまでの誤った慣例を改めて、しっかり立ち止まり、手すりに摑まって乗ることを推奨しているのである。

えっ？　エスカレーターって歩いたらいけないの？　と驚いた人もいるだろう。実は、そうなのだ。片側を空けて、歩行者を通すことが都会的で大人のマナーだと思い込んでいた人にとっては、衝撃的な事実だろうが、正解は「歩行ＮＧ」なのである。

なぜ、歩行やベビーカーはＮＧなのか

では、なぜエスカレーターの片側空けや歩行が誤りなのだろうか。日本エレベーター協会のホームページによると、「すり抜けざまに他の利用者や荷物と接触して、思わぬ事故を引き起こすことがある」ことが主な理由だという。バランスを崩して転倒すると、ほかの利用者を巻き込む大きな事故にも発展しかねない。さらに、同じく安全上の理由から、ベビーカーでエスカレーターを利用することも、原則禁止とされている。

また、「片側に寄らなければいけない」というルールにより、不自由を強いられる人もいる。たとえば、左手を怪我している人や障害がある人は、左側に寄る関東地域などのルールだと、手すりをしっかりと摑むことができずに危険なのである。実際に、各団体は、毎年のように啓発イベントを行い、「間違ったマナー」の是正を試みている。

しかし、片側空けや歩行が誤りという認識は、広く浸透しているとは言えない。日本エレベーター協会が２０１６年度に実施した調査によると、エスカレーターを歩行してしまったことがある人は83・９％いた。85・８％だった２０１２年度の調査と比べると、わずかに減少はしているものの、利用者の意識にほとんど変化はないと言っていいだろう。

わかっていてもやめられない理由

一方で、人やカバンなどがぶつかり、危険と感じたことがあると回答した人は57・２％に及んでいて、半数以上が「歩行は危険」という意識を持っている。

さらに、エスカレーターを歩行していて、人とぶつかったことがある人は27・５％、実際に怪我をしたことがある人も3・5%いることがわかっている。危険だとわかっていながら、ついつい片側空けや歩行をしてしまうというのが実態であろう。

ここにマナーや常識の難しさがある。いけないことだとわかっていたとしても、ほとんどの人が片側空けや歩行を行っている以上、それに従わなければ実際の通行に支障が出てしまう。仮に関東で右側に寄り、手すりに摑まっていたら、急いで歩行しようとする利用者との間でトラブルに発展してしまう可能性があるだろう。「横に広がって乗っているなんて、歩行する人の邪魔だ」と言われかねない。

前出の調査によると、69・1%の人が、エスカレーターの歩行はやめたほうがいいと回答している。にもかかわらずいまだにやめられないのは、繰り返すが一つには「ほかの人の常識が変わらないまま、自分だけ正しいルールを守ってしまうと、実際の通行に支障が出たり、トラブルになってしまったりする」ということがある。つまりこの問題は、全員が一斉にルールを守るようにならない限り、解決が難しいのだ。

本気で浸透させたいのならば、それこそ罰則規定でも設けて、周知していくしか手はない。

それでもエスカレーターで歩きたい人々

エスカレーターのルールがいまいち浸透しないもう一つの理由は、やはり「急いでいる時に、片側を歩きたい人が根強く存在している」という事実にある。

読者の中にも、いけないことだとわかっていても、急いでいる時は歩行してしまう人はいるのではないか。特に駅のエスカレーターには、先を急いでいる利用者が多い。「早くしないと、電車の時間に間に合わない」と焦っている人が、歩行どころか猛ダッシュして駆け上がる姿を見ることもたびたびある。そんな時に、歩行側に立ち止まっていては、客同士のトラブルになることに加え、衝突の危険も伴う。

問題はさまざまあるが、まずは一刻も早く電車に乗らなければいけない、というマインドを持たなくても済むような、ゆとりある社会を実現するべきなのかもしれない。そう考えると、この「エスカレーターの片側空けや歩行は誤った常識である」という、正しい常識が浸透するのには、まだまだ時間がかかりそうである。

男は女におごらなくてはいけないのか？

ネットで火が付いた「カネ払い」論議

デートの際に頭を悩ますのが、男性は女性に必ずおごらなければいけないのか、という問題だ。不況で懐事情に余裕がない昨今、できればデート代は安く済ませたいというのが男性の本音だろう。しかし、世間には「デートの際に、男性が全額もしくは多めに負担するべき」という考え方が、いまだに根強く残っている。

それは、婚活でも同様である。結婚相談所でマッチングされた男女が、結婚まで漕ぎつけられなかった原因として多く報告されているのが、「初めてのデートで男性のカネ払いが悪かった」という、女性側の不満だ。

普通の恋愛にせよ、結婚を前提とした交際にせよ、「男性のカネ払い」は、やはり男女間の交際における重要なポイントの一つになるのだろう。

だいぶ前のことになるが2012年5月、あるブログの記事がネットで話題になった。ブロガー、作家として有名なはあちゅう（伊藤春香）さんの「女の子が一ヵ月に使う美容費について。」というエントリーだ。この記事はツイッターで5000以上リツイートされて、匿名掲示板でも大反響を呼んだ。批判や賛意が入り乱れ、議論が拡大した。

このネット上の話題をベースにして、「男性が女性におごることの意味」を考えていきたい。

はあちゅうさんが執筆したブログの要点を強引にまとめると、「女子は美容にお金をかけているんだから、男性がおごってもその金額に釣り合うはず」ということになる。はあちゅうさんは、「あくまでシミュレーション」と断ったうえで、1ヵ月にかかる美容費を7万円以上と試算している。

内訳としては、1ヵ月に1回の予算として、よもぎ蒸し（3000円）、美容顔筋矯正（1万4000円）、ネイル（1万円）、まつげエクステ（1万円）、プラセンタ注射（2000円×2）、フォトフェイシャル（1万円）など。3ヵ月に1回の出費としては、ファンデーション（5000円）、アイシャドウ（5000円）、洗顔料（5000円）、マスクやパック（2000円）などがかかるという。

ブログの後半で、「私たち女の子は今の形態にいたるまでに総額いくら払ってんだって話ですよ。（で、男の子たちよ、君たちは、一体いくらかかっているの？）」と問いかけている。

そこで筆者もざっと計算してみたのだが、散髪代（2ヵ月に1回）に、整髪料代、洗顔料代を含めても1ヵ月5000円程度しかかかっていない。そう思うと、確かに女性は大変なんだろうな、と思わなくもない。

男だってメンズエステに行きたい

彼女の意見に賛同する声もあるし、女性が男性より美容費がかかっていることも事実だろう。しかし、正直、筆者は彼女の主張に違和感を覚えてしまう。

初めに断っておくが、多くの男性がそうであるように、筆者だってできることなら女性におごって、男っぷりを上げたいと思っている。実際にデート代を全額負担したことも、数え切れないほどある。別におごることが嫌いなわけではなく、むしろ好きなほうだと言ってもいい。

にもかかわらず、はあちゅうさんの投稿に居心地の悪さを感じてしまうのはなぜだろうか。自分なりに考えてみたところ、２つの疑問に集約されることがわかった。

まず一つ目は、「どうして美容費と、おごることがイコールになるのだろうか」という素朴な疑問だ。当然、男性ならば美しい女性とデートしたい。しかし、その「美しさ」に対して男性が対価を払わなければならないことには、納得できないものがある。

もちろん、はあちゅうさんの意見に対して、「女性の美容は自己満足でしょ」という反論もあるだろうが、筆者が引っかかりを感じるのは、「女子は美容費にお金をかけているんだから、男性がおごってもその金額に釣り合うはず」という、一見理屈が通っているような考え方の根底には、理屈では割り切れない「固定観念」があるように思えるからだ。

つまり、こういうことである。

前述の通り、筆者は美容費をほとんどかけていないが、仮に美容に多額の投資をしている男性がいたとしたら、女性にデート代を請求できるだろうか。

さらに言えば、頭髪の薄さに悩んでいる男性が育毛剤やカツラを購入したとして（これは結構な出費になるはずだ）、その費用は女性から直接回収できたりするものなのだろうか。おそらく、そうはならないだろう。

ようするに、この議論は初めから「一方通行」なのだ。女性側は主張できても、男性側が主張するとたちどころに否定されてしまうように思えるため、男性からしてみれば反論できない議論を吹っかけられているような、モヤモヤしたバツの悪さがある。

言い換えれば、「女性の美しさには商品価値があって、男性にはない」「男性が美の対価を女性に求めることは間違っている」という社会的な固定観念の下で語られている主張なのである。そのため、「で、男の子たちよ、君たちは、一体いくらかかっているの?」と訊《たず》ねられても、「たくさんの美容費がかかっていたら、その代わりにおごってくれるんかい!」とツッコミたくなるのは、筆者だけではないはずだ。

もし、女性が男性の美容費をデート代というかたちで負担してくれるなら、筆者もメンズエステに行ってみたいと思う。イケメンになれるかもしれないし、こんなに良いことはない。

つまるところ、筆者が気になっているのは、その非対称性である。もともとの主張は、「女性は美容費がかかっているが、男性はかかっていない」ということだったはずなのに、一方で、男性が美容費をかけることは認められていない。結局は、「女性だから」「男性だから」という動かしがたい固定観念に落とし込まれてしまっているのだ。

なぜ、そんなことを主張してしまうのか

さらに、はあちゅうさんは「本当は邪魔なだけのやたら大きなキーホルダー、『スタバなう』とつぶやいて女子力をアピールするためのスタバ代、カメラ女子を装うためのミラーレス一眼とか、あとはモテ本、美容本、婚活本」と、ほかにも女性はお金がかかると主張している。

さすがにスタバ代くらいは自分で払ってもらいたいものだが、それを言うなら男性だって女性にモテるために、いろいろ努力していることを忘れないでほしい。

知識を深めるために本だって読むし、女性とデートするために車を購入した男性だっているかもしれない。しかし、それらの金銭的な負担を女性に求めるような男性は、まずいないだろう。

そもそも、すべての行動がそこまで異性を意識したものになってしまっているメンタリティー自体がどうなのだろう、とも思わなくもない。

もう一つの疑問は、あえて誤解を恐れずに言うと、「そもそも、このようなことを主張

する女性におごりたいか」ということだ。

別に彼女の意見をすべて否定しているわけではない。職場でたとえるなら、「上司がおごるのは当たり前」と主張する部下を、気持ち良く食事や飲み会に誘う上司が一般論としてどのくらいいるのだろうか、ということである。上司がおごる気満々だったとしても、部下からそう言われてしまうと、気持ちが萎《な》えてしまうものだ。

彼女のエントリーには、「気持ちはわかるけど、それを言ったらおしまいだよ」という感情を男性に抱かせてしまう危うさが、どことなく漂っているように感じる。

ついでに言えば、この論理は女性にとっても不利に働くのではないか。極論だが、かかった美容費の分だけおごらなければいけないとすると、「美容費をかけなくても綺麗な女性」に男性の人気が集中するのが、市場の原理だからだ。そうなると、先天的な美しさを持った女性が、がぜん有利になってしまう。

当然、そもそも「おごる、おごらないとは、そういうことなんだろうか」との思いもある。仮に、女性が美容にかけている費用の額までおごったとしたら、それ以上は割り勘でいいのだろうか。筆者は、できればそんなことを考えずに、デートを思いっきり楽しみたい。

かくいう筆者も、このように主張しながら「男がこんなこと言うなんて、女々しいのではないか」という思いが、頭から離れない。「女性が美しさを提供して、その対価を男性が払う」という考え方自体が古い気がするし、逆に女性の社会的な立場を不利にするのではないかと不安を感じつつも、「男性とはかくあるべき」という固定観念は筆者の中にも根強く残っている。

社会や経済の情勢が移り変わり、当たり前の価値観が当たり前でなくなってきた時代。男だから、女だから、といった固定観念から発せられた主張は、今の時代にそぐわないことは言うまでもないが、一方で、古い価値観をすぐに捨て去れるほど、人間は器用ではないし、すべてを捨て去ればいいというわけでもない。残すべきものと、そうでないものを見分けるのには、時間がかかるのだ。

そんな「過渡期」だからこそ、彼女の主張に多くの人が反応し、議論が拡大したのだろう。

ともあれ、筆者が女性におごる時には、美容費の肩代わりとしてお金を出しているわけではない、ということだけは自信を持って言える。そして、男女の関係に限らず、少なくとも誰かにおごってもらった時には素直に「ありがとう」と感謝したいものだ。そこで、「おごってもらう理由の正当性」をわざわざ持ち出すようでは、相手もおごりがいがないというものである。

恋人を「相方」と呼ぶのは芸人みたいじゃないか？

お笑いコンビじゃないんだから……

先日、飲みの場で知人女性が突然、「うちの相方が……」と話し始めた。お笑いコンビでも組んだのかと思いきや、話の内容から察するに、どうやら彼氏のことを「相方」と呼んでいるらしい。デジタル大辞泉によると相方には「パートナー」「相棒」といった意味があり、補説として「近年は若者を中心に、恋人や配偶者をこう呼ぶこともある」と記されている。

テレビで活躍するお笑いコンビの影響で、相方という呼び方が広がったのだと思われるが、正確な起源は定かではない。おそらく、自然発生的に定着していったものだと考えられる。

しかし、もともとは恋人に対して使う言葉ではないだけに、相方という言葉に対して引っかかりを感じる人もいる。別にムカつきはしないけど、ちょっとだけ気になる、といった感じだろうか。相方という言葉によって、場の空気が微妙なものになってしまうこともある。

「彼氏、彼女」はセックスの手垢がついた表現

なぜ、恋人のことを相方と呼ぶのだろうか。かつて彼氏のことを相方と呼んでいた知人女性に話を聞くと、「彼氏と呼ぶのには、気恥ずかしさがあった」と当時を振り返る。

彼女いわく、「彼氏、彼女って呼び方はいかにも男女の仲って感じがする」というのだ。「もちろん、そういったこともするんですけど、私たちはセックスがしたいから付き合っているわけではないし、どちらかというと一緒に切磋琢磨する相方のような存在だと思っていたんです」

価値観を共有できる相手と、人生をともに歩んでいく。そうした相手とは性的な関係を超えたつながりがあり、「彼氏、彼女」というセックスの手垢《てあか》がついた表現で呼ぶのには抵抗がある、ということなのだろう。「普通の関係」とは一線を画したものなのだ。

彼女の主張には、共感できる部分がある。確かに、私たちはセックスのため（だけ）に、恋人と付き合うわけではない。ましてや、結婚して、子どもを産んで、家庭を守って……といったライフコースだけがすべてではなく、人生は自らの意思で舵《かじ》をとる航海のようなものであるべきだ。その人生という舞台で、一緒に切磋琢磨して汗を流す相手を相方と呼ぶのは、むしろ適切な表現のように思える。夢に向かって同じ舞台に立つ、お笑いコンビのように。

一方で、彼氏、彼女よりも高次元な〝普通ではない〟関係を相方と呼んでいるとするならば、反発は免れない。実際にこの知人女性は、友人から「彼氏のことを相方って呼ぶのは変だし、ちょっと鼻につく感じがあるよ」と指摘されて以来、相方という呼び方を止《や》めたのだという。

『逃げ恥』がヒットした理由

しかし、筆者が察するところでは、恋人や配偶者を相方と呼ぶ心理の背景には、高次元の関係をアピールする目的というよりは、「気恥ずかしさ」が先立ってあるように感じる。

昨今では、交際経験や性経験がない若者が増えていると指摘されている。国立社会保障・人口問題研究所が実施した「第15回出生動向基本調査（独身者調査）」によると、男性の69・8％、女性の59・1％が、交際相手がいないと答えている（18～34歳が調査対象）。

もはや、恋人がいるのが少数派である時代。恋愛は若者の中で流行《はや》っておらず、時代遅れのものになっているのかもしれない。そんな中、既存の恋愛観が染みついた彼氏、彼女という言葉を使うことに、気恥ずかしさや抵抗感を覚える人がいてもおかしくない。

さらに、同調査によると、男性の30・2％、女性の25・9％が、「とくに異性との交際を望んでいない」と回答している。

しかし、である。一方で、9割近い男女が「いずれは結婚するつもり」とも考えているというから、話はややこしい。つまり、「交際は望んでないけど、結婚はするつもり」ということになり、「人生の相方と結ばれるためには、必ずしもロマンスが必要というわけではない」という本音が導き出されてしまうのだ。端的に言ってしまえば、別に恋愛を経ずとも結婚はできるということになる。

２０１６年、新垣結衣と星野源が好演し、大きな話題となった『逃げるは恥だが役に立つ』（ＴＢＳ系）は、契約結婚が題材のテレビドラマだ。二人は恋人や夫婦である以前に、価値観や思想があう相方であり、ロマンスをその後のプラスα、付加価値として経験する姿が描かれている。

考えてみれば、かつて盛んだった「お見合い結婚」だって、同じことだったのではないか。見知らぬ者同士が結婚し、その後に愛を育《はぐく》んでいく。お見合いの場合、二人を結びつけるものが家や地縁といったものだったのが、現在では価値観や思想に変わっただけだ。価値観や思想があう相手とは、ようは相方のことである。

そういう意味で、「ロマンスがなければ結婚はできない」という考え方は、ここ数十年間に流行した極端な思い込みにすぎない、とも言える。まずは相方と呼べるような相手を見つけることが重要なのであり、色恋沙汰はその後でもいい。『逃げ恥』は、「交際は望んでないけど、結婚はするつもり」という時代の空気を的確に摑んだからこそ共感を呼んだのだろう。価値観や思想があう、つまり「気があう」相方と一緒に人生を歩むことこそが、イマドキの男女が求めていることなのである。

多様性に配慮し尽くした、正しすぎる表現

ところで、筆者のように物を書く仕事をしていると、彼氏、彼女という表現を使うのを躊躇《ためら》うことがある。たとえば、クリスマスに関する女性向けの記事を書くとしよう。

「彼氏とのクリスマスデート。もう計画は決まりましたか？」

と書いたところで、ふとキーボードを打つ手が止まるのだ。果たしてこの場合、「彼氏」という表現は適切なのだろうか、と。

昨今では、多様性への配慮が求められる。女性の交際相手が男性であるとは限らない以上、「彼氏」という表現は避けるべきなのかもしれない。ならば、どういう表現があるのか。「恋人」という表現は性別が限定されないが、先ほどから指摘している通りロマンスだけが交際の形ではないため、こちらも微妙に感じる。では、ポリティカル・コレクトネス（政治的な正しさ）的に問題をクリアでき、若者の実感にもあう「パートナー」という表現はどうだろうか。悪くはないが、横文字が妙に鼻につく。となると、残された選択肢は、やはり「相方」だ。完璧に正しすぎて、震えるほどである。

考えれば考えるほど、相方という表現も悪くはないように思えてきた。あと必要なのは、慣れだけだ。なにごとも、変化し始めの時期には軋轢を生むものである。スマートフォンだってそうだったではないか。「あんなもの、持ち歩く意味がわからない」と言っていた友人も、今ではスマホなしでは成立し得ない生活を送っている。はじめは違和感があっても、慣れてくればなんてことはない。相方という呼び方も、いつかそうなる日がくるのかもしれないのである。古い考え方は、いずれ新しい考え方にとって代わられ、淘汰《とうた》されていく。

そして、筆者は再びキーボードに向かうのだ。

「気がつけば、もう12月。街中ではクリスマスソングが鳴り響き、イルミネーションが光り輝く季節がやってきました。今年は23日〜25日が3連休と、相方たちにとっては、またとないうれしい日程です。相方とのクリスマスデート。もう計画は決まりましたか？」

筆者は、新しいものへの違和感を拭い去ることができない、時代に遅れた人間のようである。

僕のモヤモヤ記1

前歯がないブルース

僕の右の前歯は差し歯である。いつからかは忘れたが、この差し歯がそれはもうよく外れる。おかげで半年に1回くらいは歯医者に通っているあり様だ。

つい先月も花粉症のくしゃみと同時に、前歯が飛翔した。壁にカツンッと何かが当たったので拾ってみると、少し黄ばんだ僕の差し歯があった。

普段なら「まあ、よくあることだよね」くらいに思って粛々と歯医者に行くところなのだが、その月は仕事が目いっぱい入っていて、しかも保険証を紛失したという非常事態。結局、なかなか歯医者に行けずに、2週間近く前歯がないまま過ごすはめになってしまった。

昼間からコンビニにパジャマ姿で来店し、ぼさぼさの頭でエナジードリンクを握りしめながら、「袋は結構です」と力なく店員に伝える前歯がない30代のフリーライター。我ながらギリギリな存在だなと思いながらも、どうしても歯医者に行く暇が取れず、無為に時間ばかりが過ぎていくのであった。

しかし、なぜ前歯がないだけで、こんなにも社会からドロップアウトした気持ちになってしまうのだろうか。

前歯がなくなったことのある人にしかわからないと思うが、この心もとなさは何なんだろう。社会にコミットできないというか、一気に自分がアウトサイダーになってしまったかのような強迫観念がある。

「僕には前歯がないし、アル中気味だし、禁煙も失敗したし、最近離婚もしちゃったし、どうせみんな人としてギリギリだと思ってるんでしょ？」。前歯がないと、そんな卑屈な気持ちが、心の奥底から次から次へと湧《わ》いてくる。

前歯一つで、そこまで心をかき乱されてしまうことに、僕はいつも戸惑いを隠せない。なぜ前歯がなくなっただけで、ここまで日常を失ってしまうのだろうか。思うに、前歯にはなにかがある。

また、別の日にはこんなこともあった。

ある著名な先生への取材中、差し歯が抜けるという大惨事に見舞われたのだ。舌の上で転がして差し戻すことに成功し、なんとか難を逃れたが、取材中に歯が抜けるライターなんて嫌すぎる。不自然に頬《ほお》を膨らますインタビュアーを前にして、先生が怪訝《けげん》な顔をしていたことは言うまでもない。

どんだけ前歯が抜けているんだという感じだが、前歯がない状態には、その現象以上の意味が含まれるということをご理解いただけたかと思う。


つまり、前歯がないということが、過剰なメッセージ性を持ってしまうのである。前歯が取れた瞬間に人は、「前歯がない物語」を生きていかなければならない。似たような事柄に、「金髪」があると思っている。社会人になっても金髪でいるという行為には、なにかしらの社会に対するメッセージが含まれる。「金髪でいる物語」を背負って生きなければならなくなる。あまり詳しくないが、「タトゥー」にもそういう一面があるのではないか。

ところが、金髪やタトゥーと違うところは、前歯がない状態は自分で選び取ったものではないということだ。社会に対してメッセージを発するために、わざわざ前歯を抜く人なんて、少なくとも現代の日本にはいない。

それはメッセージを受け取る側にも伝わることで、金髪やタトゥーなら「あ、こういう人なんだな」と了解して接することができる。しかし、前歯がない場合はどうだろう。相

男子のウザさに悩まされている女性は多い。

筆者の元には、かねてより彼氏面男子による被害報告が女性から寄せられていたが、その現象に彼氏面と名前をつけることができてからは、より一層、その存在が引っかかるようになった。気になってさらに取材を進め、SNSでもエピソードを募集したところ、女性からの熱いタレコミが大量に集まってきた。彼氏面男子がこんなにもいて、迷惑している女性が多い現状に驚きを隠せない。

筆者が女性からのタレコミを分析したところによると、彼氏面男子を批判する意見にはいくつかの共通点がある。「クソバイス」「お前じゃない感」「無駄な当事者意識」の3つである。これから順に、その特徴をチェックしていこう。

最初に指摘しておきたいのが、「彼氏面男子がなぜ面倒臭いのか」ということである。当然、好きでもない男性から彼氏面されると、女性としては不快であることこの上ない。しかし、それだけではないのだ。彼氏面男子は、特定の女性に対してだけではなく、周りの人間に対しても彼氏面する。「あいつは俺の女だから手を出すな」と、言葉や態度で示すのである。そうなってくると、ただの「勘違い男」として放置しておくわけにはいかない。特に意中の男性がいる女性は、すぐに対処しなければならないだろう。彼氏面男子は〝マーキング男子〟でもあるからだ。マーキングされたままにしておくと、思わぬトラブルに巻き込まれてしまうことになる。

「その髪型は似合っていないよ」

それでは早速、筆者の元に集まった被害者たちのエピソードを紹介していきたいと思う。寄せられた声は匿名とし、年代だけ付記することを、あらかじめ断っておく。

「出会ったばかりの男友達から、『○○は、その髪型は似合っていないよ』とか、『俺の好みの服装は、もっと女の子っぽいやつだから』とか言われた。なんで私が、あなたの好みに合わせなければいけないの？」（20代）

「まだ若い頃の話。私が薄着していると、付き合ってもいない男性から『みっともない！』と怒鳴られました。女友達から上着を借りてはおったら、『怒鳴ってごめんな。お前が軽い女に見られるのが許せなかったんだ』と甘えた声で話しかけてきて……。ほかにも会ったこともない私の両親の誕生日にプレゼントを勝手に買って送って、『お前が気が利かないから、送っておいたよ。ちゃんと両親を大切にしろよ』と説教されたり。私がいない飲み会で、『あいつは俺がいないとダメな女なんだ』と語り出したこともあったそうです」（40代）

まずツッコミたいのが、「なぜそんなに上から目線なのか」ということである。女性のことを呼び捨てや「お前」呼ばわりするのも、彼氏面男子の特徴だ。

2つのエピソードに共通するのが、「クソバイス」（クソみたいなアドバイス）というキーワードである。これは、エッセイストの犬山紙子さんが提唱した言葉（『言ってはいけないクソバイス』〈ポプラ社〉という著書もある）で、男性からのクソみたいなアドバイスにうんざりしている女性が多かったのか、たくさんの共感を呼び、瞬く間に世間に広がっていった。

クソバイスをする男性は、「俺は、お前のためを思って言っている」と思い込んでいるからタチが悪い。百歩譲って自分の彼女に言っているのならまだしも、相手は付き合ってもいない女性である。なぜ、そこまで強気に出られるのか、筆者にはまったく理解ができない。

さらに、「仕事大変そうだな。今日は早く帰ってゆっくり寝ろよ」「夜遅いんだから、気をつけて帰れよ。女の子の一人歩きは危ないんだから」「家に帰ったら、ちゃんと俺に連絡しろよ」といった、比較的ライトなものも、相手との関係性によっては、彼氏面のクソバイスとして受け取られてしまうこともある。

圧倒的な「お前じゃない感」

続いては、こんな彼氏面男子のエピソードをご紹介しよう。

「知人の男性から、いきなり1ヵ月間の予定がLINEで送られてきて、『空いている日程はある?』って聞かれました。怖いし、気持ち悪いので、『その日程は、どこも空いていません』と返信したら、『いつも、忙しくてごめんな』と何故か謝られた。彼氏でもあるまいし……。その後もしつこく予定が送られてきたけど、完全に無視しています」(30代)

「ある男性から、『これからお付き合いも含め、前向きに考えてもらえる？』と聞かれました。食事とお酒をおごってもらった手前、付き合うのは無理だけど濁しておこうと思い、『まぁ……今後、考えるくらいなら』と答えたところ、次に会った時相手の馴染みのＢａｒに連れて行かれ、平然と『彼女』と紹介されてびっくり。人前なので、彼の面子《メンツ》を潰すわけにはいかず、その場は適当に話を合わせたけれど、『自分のほしい物を買える分だけ働けばいいからね』と完全に彼氏面。こいつじゃなかったらなー、と思いました（笑）」（20代）

「別に好きでもない男性と食事に行った時、突然、『お前、どれだけ俺のこと好きなんだよ』と言われて、頭ポンポンされたことがあります」（20代）

なかなか、ナイスな彼氏面っぷりである。３つのエピソードに共通するのは、圧倒的な「お前じゃない感」だ。

男性の草食化が嘆かれて久しい。男性のほうから恋愛をリードしてもらいたいと思う女性も多いが、草食系男子たちはなかなか積極的にアプローチしてくれない。そうした状況の中、ガツガツと来てくれる肉食系男子の存在は女性にはありがたい側面もある。

この3つのエピソードに登場した男性たちは、おそらく肉食系男子なのであろう。ただし、積極的になってほしいのは「お前じゃない」のである。彼らの勇気は評価するが、人はそれを勇気と呼ばない。ただの蛮勇である。何度も言うが、女性からしてみれば圧倒的に「お前じゃない」のだ。

「無駄な当事者意識」は、本当に無駄

お次は、「無駄な当事者意識」が強い彼氏面男子のパターンを見ていこう。

「彼氏ができたので、共通の友人たちに報告しました。すると、一人の男性が私の近くに寄ってきて、『付き合ったんだってね。俺の立場はわかると思うけど、俺はお前に幸せになってもらわなきゃ困るんだ』って。その友人とはなにも恋愛沙汰がなかったはずなので、『俺の立場』っていうのがまったく理解できなかったし、『別にあなたに言われなくても普通に幸せだよ！』と思いました」（20代）

実際には、相思相愛の男女が付き合っただけなのにもかかわらず、三角関係の一角を担

おうと無理やり自分をねじ込んでくる。筆者は、それを「無駄な当事者意識」と呼んでいる。

さらに、こんなエピソードも報告されている。

「私に彼氏がいることを知っている、Aという友人男性がいました。ある時、共通の友人男性Bと親しく話していたら、Aから『過去にBと付き合っていたに違いない。黙っていてもわかる、正直に言ってほしい』と言われました。もちろん、そんな事実はないし、Aはただの友人に過ぎないので、なぜそんなことを言われなければいけないのか、まったく理解できませんでした。

また、あるパーティーに出席した際、Aが『別のフロアで俺の見ていない間に、ほかの男とイチャイチャしていたんだろ！』と怒ってきました。周りに誤解されたくないので私が強い態度に出たら、『隠さなくてもいい、絶対にそうだ！　嫉妬《しっと》で狂いそうだよ』と言われ……。気持ち悪いを通り越して怖かったです」（20代）

この男性は、「無駄な当事者意識」がありすぎて、彼氏面にとどまらず自らが本当の彼氏であると勘違いしてしまっているのだろう。一歩間違えば、ストーカーである。もはや笑えないレベルまで達している。

さらに、次のエピソードは、彼氏面を通り越して、ストーカーやセクハラレベルにまで発展してしまっている事例である（ほかのエピソードも、ほとんどそうなのだが）。

「知り合いの男性と初めて飲んだ帰り道、無理やり抱きしめられました。すぐに逃げましたが、その後LINEで一方的なメッセージが……。内容は『今日は仕事で疲れた』という近況報告から、『好きだよ。愛している。返信ください』といったものまで。すべて既読スルーしているけど、なにかあった時のためにログ（記録）は取ってあります」（20代）

あなたの「彼女」は、本当に彼女？

それでは、彼氏面男子に粘着されないためには、どのような心がけが必要なのだろうか。

ある女性に聞いたところによると、彼女は「男性に困ったことをされると、怖くて思わず笑ってしまう」のだという。それを男性は、「喜んでいる」と勘違いしてしまうのだ。彼氏面男子を生まないためには、毅然《きぜん》とした態度を相手に示すことも必要であろう。なにも罪がない女性にとっては、迷惑な話である。

逆に、男性にはこう言いたい。「女性が笑っているからといって、勘違いしないほうがいい」と。男性だって、上司や取引先に愛想笑いをすることくらいあるはずだ。なぜ、自分のことになると、「相手は本心から笑っている」と思い込んでしまうのか。

恋愛において肝要なのは、つまるところ距離感だ。ただし、自分から見た相手との距離を測ればいいというわけではない。あくまで相手と自分との距離であり、自分から見ると距離が近いようでも、相手からすると視界に入らないくらい、遥《はる》か遠くに見えているかもしれない。いわゆる「アウトオブ眼中」というやつである。そのことを忘れないでいただきたい。

一方、女性が毅然とした態度を示しても、「口ではこう言っているが、本心は違う」「こんなにズケズケ言うからには、俺に気を許している」と〝前向き〟な勘違いをする男性もいる。こうなってくると、もうお手上げだ。大きなトラブルになる前に、周囲の友人たちに相談して、説得してもらうしかないだろう。どうしても聞かない場合は、すぐさま縁を切るか、それでもしつこく粘着されたら、しかるべき機関に相談することをお勧めする。

世間にはびこる彼氏面男子たち。男性諸君、あなたが「彼女」と思っているその女性は、本当に彼女だろうか。そして、女性諸君はくれぐれも注意してほしい。もしかしたら知らない間に、あなたは誰かの「彼女」になっているかもしれないのだ。

女子がドン引きするモテテクを使う男たち

頭ポンポンは、彼氏面男子の特徴だ

いくつになっても、男には「モテたい」という欲求がある。巷《ちまた》に溢《あふ》れているモテるためのハウツー本やウェブ記事を参考にして、実践している人も多いだろう。

しかし、あなたが良かれと思ってやっている〝モテテクニック（モテテク）〟は、本当に正しいだろうか。「女の子は、こうすれば喜ぶんだろ?」と上から目線で繰り出す男のモテテクは害悪にしかならず、女性からの評判がすこぶる悪い。むしろ、モテから遠ざかるような愚行を女性に対して行っている男が、世の中には多いのだ。

女性に聞き取り調査して収集した、男の痛いモテテクを紹介しよう。

押し付けプレゼント

「一緒に食事をしただけなのに、突然、ネックレスをプレゼントされて引いたことがある。初めてのデートの記念って……。キャバクラの店外デートじゃないんだから。ってか、そもそもデートですらない」

筆者の元には、女性からのこんな声が多数届いている。プレゼントをあげる心意気は立派かもしれないが、なんの脈絡もなく押し付けるのはいかがなものか。

そもそも、ネックレスや洋服、帽子など、身につけるものをプレゼントする時は、細心の注意が必要だ。人それぞれ好みやこだわりが違うし、「次に会った時に身につけないと、文句を言われそう」というプレッシャーにもなる。

さらに、「身につけたら身につけたで、好意があると勘違いされる」といった危険もあり、突然の〝押し付けプレゼント〟は女性にとって恐怖以外のなにものでもない。

頭ポンポン

少女漫画やテレビドラマなどで、よく見かけるシチュエーション。物語のヒロインは胸をキュンとさせて頬を赤らめ、はにかんだ表情をしているが、ここで思い出してほしいのは、あなたは物語に登場するイケメン高校生ではないということだ。

女性を犬や猫などのペットと勘違いしているのだろうか。女性の中には、「馬鹿にされているような感じがする」と拒否反応を示す人も多い。前出の通り、頭ポンポンしながら、突然、「お前、どれだけ俺のこと好きなんだよ」とかます彼氏面男子もいる。

このことからわかるのは、付き合ってもいないのに頭ポンポンするメンタリティー自体が、モテとは程遠い行為だということだ。さらに、女性からは「髪型が乱れるから、触ってほしくない」との声もある。

即「いいね！」おじさん

これは、なぜか年齢が高い層に多いのだが、女子の投稿に何でもかんでも「いいね！」を押すおじさんの評判も悪い。投稿してわずか数十秒後に「いいね！」を押す強者もいるが、そんなに早く反応して、本当に投稿を読んでいるのか。投稿の内容に共感したというより、その女性に存在感を示すことが目的になっているのが見え見えである。

そもそも、即「いいね！」をできる時点でよっぽどの暇人であり、リアルが充実していないことは目に見えている。筆者は、ＳＮＳをパトロールするのが趣味なのだが、ツイッターやフェイスブックで、見事に女子にしか反応していない男のさもしい所業を見ると、ちょっと切ない気持ちになる。

テストクロージング

テストクロージングとは営業で使われる手法で、「仮に弊社と契約したとしたら……」などと仮定の状況を自明なものとして扱い、契約した後のことを想像させてその気にさせたり、購買意欲を確認したりする際に用いられるテクニックである。

恋愛においても、このテクニックを使おうとする男がいる。「仮に俺と○○ちゃんが付き合ったらさ……」といったふうに、女性にテストクロージングを仕掛けるのだ。

しかし、営業とは違い、恋愛はゼロか１００かだ。あなたと契約するかどうか、もともと「生理的に無理か、そうじゃないか」の決着は早期についてしまっており、テストクロージングしなければいけない時点で、口説くことに失敗していると気づいたほうがいい。

「男らしさ」を誇示するイタい行動

バッグを持ってあげる

男らしさの誇示なのだろうか。しかし、ほとんどの女性にとっては傍迷惑《はためいわく》な行為だ。女性はバッグを含めてファッションコーディネートしているため、余計なお世話なのである。

考えてみてほしい。手ぶらで歩いている人がいたら、「ひったくりにでもあったのかな」と心配になる。そして、男性が「持ってあげている」つもりでも、周りには「男にバッグを持たせている高飛車な女性」に映ってしまうのだ。

それでも男らしさを誇示したいという親切な男性は、ぜひお母さんのバッグでも持ってあげてほしい。

「お前」と呼ぶ

彼氏面男子の特徴の一つでもある「お前」呼ばわり。いったい何に憧《あこが》れているのだろうか。付き合ってもいない女性に対して、なぜそこまで上から目線になれるのか。お前は、「お前」のなんだというのか。「お前」と呼べば女性がキュンとすると思っているお前の感性を、筆者は疑わざるを得ない。

筋肉自慢

女性にウケが悪い行為として古典的なものだが、最近ではSNSで自身の肉体美をひけらかす男も増えている。なかには、LINEで上半身があらわになった写真を「俺通信」(一方的に送りつける自分の活動報告)として送りつける輩もいるというから驚きだ。

逆を考えてみてほしい。女性からそんな写真が送られてきたら、露出狂か出会い系のサクラだと思うはずだ。女性には「筋肉自慢は、馬鹿っぽく見える」と受け取られるため、逆効果なのでやめたほうがいいだろう。

世の中に溢れかえる男のモテテクは、女性がすでに好意を持っている男からされたら嬉《うれ》しいものだったり、「※ただしイケメンに限る」ものだったりすることが多く、そうでない男がしても、テクニックというより、「イタい言動」である場合がほとんどだ。くれぐれも独りよがりな蛮行に走らぬよう、注意して女性に接してほしいものである。

駅のホームで抱き合い、海藻のように揺れているカップル

誰もが一度は見かけたことがある気になる存在

長い間、ずっと気になっていた存在がある。彼らを目撃するたびに話しかけたい衝動に駆られながらも、自制心を保って今までやってきた。しかし、もうこれ以上の沈黙に耐えることができそうにない。だから、語ろうと思う。筆者が気になっているのは、駅のホームで抱き合い、海藻のように揺れているカップルについてである。

とはいっても、彼らについて何を語ればいいのだろうか。なにせ、相変わらず筆者は彼らに話しかけることすらできていないのである。それにしても、この手のカップルに、美男美女が少ないのはなぜなのだろうか。顔を凝視して確認したわけではないが、遠目に見たところによるとそのように感じる。しかし、おそらくこれは偏見であろう。きっと彼ら

との精神的な距離が、筆者の目を曇らせてしまっているのだ。
それだけ彼らは遠く、霞《かすみ》のかかった存在である。けれども、彼らを目撃したことがない人は、一人もいないのではないか。もはや絶滅危惧種となった公衆電話よりは、メジャーな存在だ。もちろん駅のホームに限らず、街中でも彼らは揺れている。

しかし、何と言ってもよく目撃されるのは駅のホームである。特に終電間際になると、彼らはここぞとばかりに増殖する（しかもなぜか、複数の路線が乗り入れるターミナル駅に出没することが多い）。階段やエスカレーターの陰で揺れていることもあれば、堂々と人目に付く場所で揺れていることもある。神出鬼没の彼らは、異質な存在であるにもかかわらず、背景に溶け込み、ただ静かに揺れているのである。

なぜホテルに行かずに駅のホームなのか

まず、なぜ終電間際に彼らが現れるのかというと、おそらくは揺れながら別れを惜しんでいるからである。終電が二人を分かつまで、抱き合ってお互いの愛を確かめ合っているのだ。別れるギリギリまで抱擁を、となるとやはり駅のホームが適している。

だがしかし、いったいなぜ二人は離れ離れにならなければいけないのだろうか。大人なのだからホテルかどちらかの自宅にでも行けばいいとも思うが、そうもいかない事情があるのだろう。もしかしたら、浮気や不倫といった道ならぬ恋なのかもしれない。

それにしても気になるのは、彼らがあまり時間を気にしていなそうなところである。二人の世界に没頭して時間を忘れるのはわかるものの、傍から見ていると、乗るはずの電車に間に合うのかどうか不安になってくる。駅のホームで抱き合っている以上、必ずリミットはあるはずだが、彼らからそれを気にするそぶりはまったく観察されない。まるで、そこだけ別の時間が流れているかのような落ち着きぶりである。

それだけ時間に余裕があるならば、やはりホテルに行く時間があるようにも感じる。謎は深まるばかりだが、始発を待つ駅のホームに彼らがいないところを見ると、きちんと終電までには帰ったのであろう。もしくは、駅員に追い出されたかのどちらかである。

人生の意味を感じる充実した瞬間

さらに疑問なのは、なぜ彼らは抱き合っているのか、ということである。仮に不倫だとしたら、人前で抱き合うのはまずいのではないか。また、不倫でなくても、人前で抱き合うのはどうなのか。外国ならあり得るかもしれないが、ここは日本である。

一つ考えられるのは、彼らが人前で抱き合うという行為に、並々ならぬこだわりを持っているのではないか、ということだ。人前で抱き合うことで、彼らの中でなにかが達成される。それがなにかはわからないが、きっと彼らにとって大切なことなのだろう。でないと、「人に見られる」というリスクを冒してまで抱き合う理由がない。

もしかしたらそれは、「充実感」と呼ばれるものなのかもしれない。人前で固く抱き合うことによって得られる充実感がどのようなものか、経験したことがない筆者にはわかりかねることだが、おそらく羞恥心《しゅうち》を忘れるほどの快感がそこにはあるのだと思う。

駅のホームで抱き合う時、彼らは生きていることを実感する。まるで舞台に出演する役者のように、彼らの人生にスポットライトが当たる瞬間が、人前で抱擁している時なのである。そんなに抱き合いたいのなら、やっぱりホテルに行けばいいのではないか、と思うものの、彼らにとっての舞台はあくまで駅のホーム。駅のホームで衆目にさらされながら抱き合わなければ意味がない。そこは譲れないのである。

それは、ある種の「プレイ」のようなものだ。ＳＭプレイを楽しむ人に、「痛そうだからやめなよ」と言うのと同じで、彼らに「人前で抱き合うのは恥ずかしいからやめなよ」と注意しても意味がない。そうした羞恥心を含めて彼らのプレイであり、そのプレイに没頭している時間こそが、彼らが生きていることを実感する瞬間なのだ。

至るところで共振するカップル

最後に、最も大きな謎が残ってしまった。なぜ、彼らは揺れているのだろうか。

ある夜、池袋駅で10メートルおきに3組のカップルが揺れているのを目撃したことがある。共振するかのように揺れる姿は、まさに波に漂う海藻のようだった。

最も簡単な答えとして、「酔っ払っているから」というものがあるが、酔っ払っているからといって全員が揺れていては、居酒屋やバーは大変だ。いくら耐震構造がしっかりしていても建物がもたない。まして、揺れなどしたら酔いが余計に回るではないか。

これればかりは、本人たちに直接聞いてみないと、理由がわかりそうにない。しかし、筆者はいまだに声をかけられずにいる。声をかけていいものなのかもわからない。

駅のホームで抱き合い、海藻のように揺れているカップルについて、私たちが語れることは少ない。しかし、彼らは確かに存在するし、多くの人が彼らを気にかけている。それだけ、彼らの存在は暗示的であり、かつ謎に満ちている現代のミステリーなのだ。

「結婚式でフラッシュモブ」したがるサプライズ好きの人たち

披露宴の記念撮影で悪夢が……

フラッシュモブのせいで結婚式が最悪の思い出になった。離婚したい──。2015年5月28日、女性質問者から、そんな投稿がヤフー知恵袋に寄せられた。

フラッシュモブとは、ネットの掲示板などで呼びかけて場所を指定し、そこに集まった群衆が一斉に即興のパフォーマンスをする行為。筆者が調べた限り、「フラッシュモブ」という言葉を日本で最初に紹介した雑誌は、「日経トレンディ」2003年12月号である。「2004年のヒット予測」特集の中で、流行の兆しが伝えられた。その後、街中でのパフォーマンスに限らず、結婚式や歓送迎会など、お祝い事の席で行われるサプライズ演出としても人気を集めるようになった。

なぜ彼女は、結婚式でのフラッシュモブで離婚を考えるまでに至ったのか。ヤフー知恵袋への投稿によると、彼女は大のサプライズ嫌い。特にフラッシュモブが苦手で、夫やプランナーの前でそのことをはっきり明言していたという。

にもかかわらず、これがうまく伝わっていなかった。おそらく夫としては、お笑いにおける「フリ」だと思ったのだろう。「絶対やめて」を「絶対やって」に、脳内変換してしまったのだ。しかし、残念なことに彼女はダチョウ倶楽部の上島竜兵ではなかった。夫は本気で嫌がる花嫁の気持ちを理解せず、ダチョウ倶楽部で言うところの熱湯風呂にぶち込んでしまったのである。しかも晴れの舞台で……。

悲劇は、披露宴最後の記念撮影で起こった。カメラマンがシャッターを切ろうとした瞬間、大音量で洋楽が流れ始めたのだ。それに続くように、仕込みのカメラマン、シェフ、スタッフ、友人たちが突然ダンスし始める。そして、最後に夫が華麗にポーズを決め、彼女に花束を差し出したという。

悲しみの涙を流す彼女。花束を受け取ることもできず、その場で崩れ落ち、控え室へと退散していった。ショックを受けた彼女は二次会を欠席したというが、夫は「大成功したけど嫁はびっくりしすぎて倒れた」と思っていたらしい。そして、彼女は離婚を決意したという。

なぜ、このような悲劇が起こったのか。

その背景には、「サプライズ」を巡る全体主義的な同調圧力が世間に充満し、それに疑問を感じる少数派の声が黙殺されてしまっているという現状がある。

ホテルの窓の光で「L・O・V・E」は524万円

前提として押さえておいてほしいのは、「サプライズは良いこと」という共通認識が世間にあるということである。

ネットマーケティングが2015年3月に実施した調査によると、「恋人からサプライズされると嬉しい」と思っている男性は94%、女性は96%にのぼっている。小泉内閣で行われた「サプライズ人事」も大衆にとっては概ね「好ましいこと」だったはずだ。予定調和を崩す意表をついた演出は刺激的で、胸ときめくもの——。世間の大多数が、そう考えているのである。

「BRUTUS」(ブルータス)2004年1月15日号では、「ありえない方法で愛を伝えたい」と題された記事で、さまざまなサプライズ方法とその費用が紹介されている。

たとえば、「渋谷・ハチ公前の大画面3つを借りて告白する」の値段は7万3000円。「悪役商会に喧嘩《けんか》のシーンを仕込んでもらい俺が勝つ」は30万円で、「京王プラザ新宿の2００室を借り、その窓の光で『L・O・V・E』の文字」は524万円なんだそうだ(すべて当時の値段)。

ほかにもサプライズを推奨する雑誌記事は枚挙にいとまがなく、逆にサプライズを否定的にとらえる記事はほとんど見つからない。特に恋愛においては、サプライズは圧倒的に支持されている。

しかし、誰もがサプライズ好きというわけではない。男性6%、女性4%の少数派は、世間の〝サプライズ全体主義〟とも呼べる状況にうんざりしているのだ。

筆者の元には、ある30代の女性からこんなエピソードが寄せられた。誕生日デートの夜、映画を観終わって街を歩いていると、路上ミュージシャンがギターをかき鳴らして歌っていた。「ちょっと聴いていこう」と立ち止まる彼氏。すると、ミュージシャンが女性の好きな曲を演奏し始め、彼氏もミュージシャンと一緒に熱唱し始めたのである。後から聞くと、そのミュージシャンは彼氏が準備した仕込みだったという。それを機に、彼女が別れを決意したことは言うまでもない。

なかには、映画館を貸し切ってのサプライズをサービスとして提供する会社もある。ある映画館のサイトを見ると、「まず、チケットカウンターにお越しいただき、チケットを買っていただく演技から始まります」「タイミングを見て本編上映前に流れる予告CMをお流しいたします」「そして、その後、本編が流れると思いきや、お二人の思い出やメッセージが込められたオリジナルDVDをお好きな音楽とともに素敵にお流しいたします」「最後には舞台に上がっていただき、彼女様に届くようマイクで、お気持ちをお伝えされてはいかがでしょうか」と宣伝文句が並んでいる。「素敵にお流しいたします」という表現が実にいい。

しかし、この演出は、サプライズ否定派からしてみると最悪だ。まず、だいいちに、時間が長すぎる。映画館に入った瞬間から好奇の目にさらされ、終わった後も愛想をふりまかなければいけないなんて、この世の地獄そのものだ。

また、恋愛以外にも「サプライズ演出」はある。20代の男性は、こう明かす。

「友達から、突然の飲みの誘いがあった時のこと。『仕事が終わったら行く』と伝えていたのですが、なかなか片付かず、断ろうと思いました。しかし、時期的に僕の転職が決まったことへのサプライズを仕込んでいるはずだと思い、無理して会場に。転職前で忙しい時期なのに……。サプライズでプレゼントをもらったので、きちんとお礼は言いましたが、ちょっと迷惑でした」

「サプライズ」は、いったい誰のもの?

サプライズ否定派にとって、サプライズは「感動の押し売り」のように感じられる。相手に無理をさせてしまっていることに気がつかない自己満足の行為は、迷惑以外のなにものでもない。ある20代の女性からは「感極まって泣いたりするようなタイプではないので、サプライズではあまり感動できません。もちろんサプライズをしてもらった時は、頑張って喜びますけどね」との声も寄せられている。

しかし、「サプライズは良いこと」という前提を自明視しすぎて、自分の行為を疑わない人が多すぎる。結婚式にフラッシュモブを仕掛けた夫が、その代表例であろう。サプライズ否定派は、自分が少数派だということを自覚しているため、嫌いだということをなかなか口に出せないケースが多いが、自分を喜ばすためにやってくれているとわかっているので、その場は感動しているふりをしなければならない。なぜなら、「サプライズは良いこと」だからだ。まるで全体主義の圧政を受けているかのようである。フラッシュモブの彼女のように表立って不快感を示せる人は少なく、そういう意味で彼女の投稿は否定派に勇気を与えた。

もちろん世間ではサプライズが圧倒的に支持されているし、ほとんどの人がサプライズを嬉しく思う。そういうタイプの人には、手の込んだサプライズを仕掛けて喜ばせてあげてほしい。

また、「祝い事は、祝う側が主役」という意見もある。晴れの門出を迎える当の本人ではなく、「新しい出発に際して、お世話になった人や、これからお世話になるであろう周囲の人をもてなす場」という側面も確かにある。祝う側がサプライズを仕掛けたいというならば、いくら苦手であろうと、それを甘んじて受け入れるのが大人だ、と。

しかし、それでも筆者は言いたい。サプライズが嫌いな人も、世の中にはいるのだと。あまりに「サプライズは良いこと」という前提が世間で自明視されすぎて、肩身が狭い思いをしている人もいるのだと。ほんの少しだけでいい。ほんの少しだけでも、その前提を疑ってほしい。

そこに思いを至らせるのも、大人の配慮というものだ。

クリスマスにハマらなくなった恋人たち

恋人がいない聖夜は寂しい？

毎年、12月になるとクリスマスがやってくる。日本のクリスマスといえば、恋人同士のイベントという意味合いが強い。恋人がいる人はディナーの予約やプレゼント選びに頭を悩ませ、恋人がいない人はなんとか予定を埋めようと計画を立てるといったことが、毎年、恒例行事のように行われている。

クリスマスに恋人がいないのは負け組。そう考える人も多いはずだ。さながら〝クリスマス狂想曲〟ともいえる状況が、日本では長いこと当たり前に続いている。

しかし、最近ではそんな雰囲気に変化の兆しが見えている。ＫＤＤＩが10～40代の独身男女１０００人に実施した調査によると、２０１７年のクリスマスについて「恋人がいなくても焦っていない」と回答した人が90％を超えたという。また、恋人がいない人の90％

以上が、「クリスマスは、いつも通りの生活をする」と回答しているというのだ。

さらに、楽天リサーチが20～60代の男女1000人に実施した調査によると、クリスマスプレゼントにかける金額の平均は8959円と、かなり常識的（費用を抑えた）な数字となっている。数ヵ月前からシティーホテルを予約し、夜はシャンパンを開け、高価なプレゼントを贈る――。そんなバブリーな日本のクリスマス像は、すでに過去のものになったのであろうか。

そもそも日本のクリスマスは、キリスト教徒でない人も含めて祝うお祭り的、商業的なものとなっており、そのことに対する批判も根強くある。イギリスやアメリカなどでは家族で祝うのが主流だといわれているが、クリスマスは、いったい誰のものなのか。過去の雑誌記事や周辺取材で集めた声を参考にしながら考えていきたい。

大正時代の日本人から見たクリスマス

筆者が調べ、発見できた中で、クリスマスについて言及した最も古い雑誌記事は、「婦人評論」1912（大正元）年12月15日号だ。「米国の家庭で見たクリスマス祭」と題して、米国哲学博士の原口つる氏がアメリカの様子をレポートしている。

それによると、「クリスマスは家庭の団欒の日であるから、街は常より静か」とある。部屋を装飾したり、プレゼント交換したり、サンタクロース用の靴下を用意したりなど、我々が子どもの頃に経験したクリスマスパーティーに近い風景が紹介されている。

時は流れ「文化生活」1956（昭和31）年12月号では、「楽しく祝うアメリカのクリスマス」と題して、同じくアメリカのクリスマスの様子を紹介。この記事では、「アメリカではクリスマスのために十二月に一年間の四分の一も買い物をするといわれている程、クリスマスの経費は大変」との記述があるなど、近親者を招いたパーティーの費用や経済効果に焦点が絞られ、やはり「恋人たちのクリスマス」というニュアンスはない。我々が知っている日本の〝クリスマス狂想曲〟は、まだ始まっていないようだ。

恋人のものとなった歴史的瞬間

そんな雰囲気が一変するのが、1983（昭和58）年のこと。コラムニストの堀井憲一郎氏は、著書『若者殺しの時代』（講談社現代新書）の中で、同年12月23日号の「an・

ａｎ」（アンアン）こそが、クリスマスが恋人のものとなり、若者向けに商品化された始まりだとしている。
この号の「クリスマス特集」では、「今夜こそ彼の心（ハート）をつかまえる！」と題して、恋人たちのためのクリスマスの過ごし方をストーリー仕立てで紹介している。

たとえばこんな感じだ。

「みんなで集まって〝ハッピーバースデー〟と祝いたい誕生日とは違って、クリスマスの夜は、やはり２人っきりの時間にしたい。なんたって聖夜というくらいなんですからね」
「男の子たちは大きな物がやっぱり大好き、しかも、普段からガンガン使える物をプレゼントされると感激してしまうという人種。そこで、今年は思い切って椅子をプレゼントしてしまう。椅子って一生モノ、それだけに印象は強烈そのもの。男の子は『椅子と一緒にあの娘とも一生』なんてすぐに思い込んでしまうものなのです」

なぜ、そこまで椅子を強く推すのかはわからないものの、B'z の名曲「いつかのメリークリスマス」には、閉店間際の店に駆け込み、「君の欲しがった椅子」を買う有名な描写がある。その後、荷を抱えながら電車に乗ることも含めて、どうして椅子なのかがずっと謎だったのだが、作詞した稲葉浩志さんは、もしかしたら「ａｎ・ａｎ」の記事を読んでいたのだろうか。

　さらに、こう続く。

「もうそろそろ、彼の胸にギュッと抱きしめられてもいいころ。手をつないだり、キスをするだけのデートは卒業してもいいはずよ。なのに彼ったら、ちっとも誘ってくれない。うーん、イライラきちゃう。こんな気分でクリスマス・イヴを迎えるくらいなら思いきってうんと積極的な作戦をたててみたら？　そう、彼から誘われるのを待つんじゃなくて、彼を挑発して誘ってみるのです」

　クリスマスを若い男と女のものであると設定し、欲望を煽《あお》ろうとする記述である。しかし、なんといっても同特集で印象的なのは、クリスマスの過ごし方として、高級ホテルでの宿泊を推奨していることだ。今はなき赤坂プリンスホテルなどが電話番号つきで紹介され、以下のような煽り文句が書かれている。

「きのうの夜は、超高層ホテルのこの一室を借りきって、彼とふたりっきりのイヴ・パーティー。夜景を見ながらシャンペンで乾杯して、FMラジオでタンゴを踊ったり。すっかり浮かれて騒いでいたけれど、ルームサービスの朝食の予約だけはしっかりと忘れずにしておいたのだ」

1988（昭和63）年には、当時15歳の深津絵里と、山下達郎の「クリスマス・イブ」を起用したJR東海のCM「ホームタウン・エクスプレス X'mas編」が放送されている。「クリスマスは恋人たちのもの」という流れが決定的となったのは、1980年代だと言ってよさそうだ。

この時から、クリスマスを巡る狂騒は始まったのである。

価値観を180度旋回させた「an・an」

クリスマスに恋人がいないのは負け組。1980年代前半生まれの筆者は、物心つくかつかないかの時期から、そうした価値観に影響を受けていた世代だ。一人のクリスマスは寂しい。街角でクリスマスソングが聞こえるたびに、凍える思いをしていたものである。

翻って、２０１６年の「ａｎ・ａｎ」は、クリスマスをどう扱ったのだろうか。冒頭で述べた通り、最近ではクリスマスを取り巻く価値観に変化の兆しが見えつつある。

12月14日号の特集では、クリスマスプレゼントについて「大切な人のために、自分のために」と銘打たれ、高価な商品ではなく、本当にいいと思えるもの、スペシャルなものを贈ることが推奨されている。「自分のため」という言葉に象徴されるように、「クリスマスは恋人たちのもの」という価値観は後退していると言える。

さらに、同特集の「おもてなし編」では、ホームパーティーを推奨。「今年のクリスマスは家に友達を招いて持ち寄りパーティー。でもせっかくだからいつもと違うスペシャル感とゲストが喜ぶ気のきいた演出をしたいもの」とし、さまざまな「おもてなしアイディア」が紹介されている。赤坂プリンスでタンゴを踊れと指南していた雑誌と同じ雑誌だとは思えない、１８０度旋回させたアットホームなクリスマスだ。

「恋人たちのクリスマス」は、もはやダサい?

喧騒の時代が終わり、時を経てむしろイギリス、アメリカといった本場仕込みのクリスマスに近づいているということなのだろうか。ある30代の女性は、こう話す。

「今年のクリスマスは、恋人と友人夫婦のホームパーティーに参加します。カップルで参加する人や一人で参加する人などさまざまで、どうしても恋人と二人で過ごさなければいけない、という圧力は以前より弱まっているように感じていますよ。それにとらわれすぎている人は、むしろ時代遅れでダサいと思います。だって、楽しい行事は、たくさんの人と過ごしたほうが、より楽しくなるに決まっていますから」

雑誌や広告代理店的なマーケティングに踊らされ、「クリスマスには恋人と一緒に過ごすべき」とこだわるのは、すでに古い発想というだけではなく、「ダサい」ものになった、と考える人が出てきたということだろう。肩肘《かたひじ》張って祝うよりも、身の丈にあったクリスマスの楽しみ方をする人が増えたことは、ある意味、時代の流れだと言えなくもない。

２０１６年12月14日号の「ａｎ・ａｎ」には、「スペシャル感」という言葉が使われている。誰もが同じ価値観を持ち、同じ方向に奔走する時代は終わった。時代は、それぞれの「スペシャル」を目指す方向に傾いているのであり、「シティーホテルに高価なプレゼント」といった祝い方は、ある一時代だけに通用した固定観念だったと言える。

クリスマスは、いったい誰のものなのか。現在でも恋人同士で過ごすことにこだわる人もいるし、前出の女性のように大勢で過ごすことを楽しみとする人もいる。一人で過ごす「ぼっちクリスマス」を寂しく思わない人も、なかにはいるのではないか。人それぞれ多様なクリスマスの過ごし方があってしかるべきである。

そういう意味では、日本の〝クリスマス狂想曲〟もようやく落ち着いてきたのかもしれない。

男たちを翻弄し組織を壊すサークルクラッシャーな女たち

サークルクラッシャーの3類型

「サークルクラッシャー」という言葉をご存じだろうか。一つのグループ内で複数の色恋沙汰を起こし、人間関係を崩壊させる女性のことだ。一般的にはオタクサークルなど、男性の比率が高い閉鎖的な空間に出没するとされるが、職場や飲み仲間グループといった日常の空間でも神出鬼没である。まさに現代における「悪女」の典型例だと言える。

サークルクラッシャーの存在が認知され始めたのはいつ頃のことなのか寡聞にして知らないが、その存在は都市伝説的に語り継がれ、「ゲーセンクイーン」や「オタサーの姫」などという別名で呼ばれることもある。2015年には、当事者からの告白本『岡田斗司夫の愛人になった彼女とならなかった私　サークルクラッシャーの恋愛論』（鶉まどか著、コアマガジン）が出版され、話題になった。

その存在がたびたび指摘されているのにもかかわらず、サークルクラッシャーの被害に遭う男性は後を絶たない。「俺は、そんな面倒臭い女に騙《だま》されることはない」と思う読者も多いと思うが、それでもいつのまにか術中にはまってしまう魔力が彼女たちにはある。

彼女たちから身を守るには、その生態を知る必要がある。しかし、被害者たちに感情のもつれが発生しているだけに、その存在が冷静に分析されることは少なかった。

そこで筆者は、サークルクラッシャー本人や被害者たちにコンタクトを取り、聞き取り調査を実施した。そこでわかったのは、サークルクラッシャーには大きく分けて、「承認欲求型」「刹那《せつな》主義型」「情緒不安定型」の3タイプがいるということだ。

彼女たちはどのような人物で、なぜサークルをクラッシュさせてしまうのか。当事者の声に耳を傾けてみよう。

普通のOLがクラッシャーに変貌した理由

まず、サークルクラッシャーの見た目だが、誰もが振り返るようないわゆる「絶世の美女」であることは少なかった。また、巷で噂されているように「女の子らしい服装」をしているわけでもなく、ファッション的にはどこにでもいる、ごく普通の女性たちである。「いかにも女性性を強調した露出度の高い服装や、フリフリしたファッションをしている」と思い込んでいると、彼女たちの接近に気づけないかもしれないので注意してほしい。なかには、「どことなく憂いを湛《たた》えた表情をしているが、話をしてみると非常に明るく、コミュニケーションが上手い」といった、見た目と性格のギャップがあるタイプもいた。

サークルクラッシャーに何度か遭遇したことがあるというある女性は、彼女たちのルックスを「顔は中の下くらいですが、化粧と雰囲気作りが巧妙」と表現する。もっとも、男性の筆者からすると、実際に会った彼女たちの印象は、〝中の下〟よりはずっと魅力的な女性に見えた（そこがサークルクラッシャーの怖いところなのかもしれない）。

サークルクラッシャーの特徴は、色恋沙汰を狭いコミュニティー内で連続して起こすということだ。恋愛や性に奔放なのは個人の自由だが、その特徴により周囲を巻き込んで、大いに揉めることになる。

はじめに、「承認欲求型」サークルクラッシャーの事例を紹介しよう。

都内の企業に勤めるAさんは、入社5年目のOL。所属している部署には男性が多く、Aさんが最も若い女子社員だった。「いつもチヤホヤされていた」と振り返る。

しかし、4月に新入社員の女子が配属されてからは、Aさんの「女王さま状態」は一変する。小柄で色が白く目が大きい、可愛らしい新入社員がチヤホヤされるようになり、「なにを言ってもいい、いじられキャラに降格してしまった」という。

しかも、Aさんは2年ほど前から同じ部署の上司（40代）と不倫関係にあり、決して幸せな恋愛をしているというわけではなかった。不倫相手の上司が、新入社員にとにかく甘いことも不満だった。新入社員のフェイスブックには、週末に彼氏としたデートの写真がアップされている。部署でチヤホヤされるだけではなく、充実した恋愛を満喫している新入社員に対して、次第に対抗心を燃やすようになっていったという。

ある日、ささいな事件が起こった。いつものように出社し、会社が入っているビルのエレベーターに乗り込むと、後から新入社員の女子が乗ってきた。何気ない世間話でその場をやり過ごそうとしたAさんだったが、新入社員から放たれた意外な一言に凍りついたという。

「先輩、あんまり私のフェイスブックをチェックしないでくださいよ〜（笑）」

なぜチェックしていると気づかれたのかすぐにはわからなかったが、後で調べてみるとどうやらスマートフォンで新入社員の過去の投稿を見ている時に、誤って「いいね！」を押してしまっていたらしい。「気づかない振りをしてくれてもいいのに、馬鹿にされているように感じたんです」。Aさんがサークルクラッシャーになった瞬間だった。

新入社員よりモテることを証明したかっただけ

Aさんが狙いを定めたのは、新入社員に言い寄っている30代の男性。彼のアプローチに、新入社員もまんざらではない様子だったという。Aさんは、この30代男性を「仕事の悩みを相談する」という口実で飲みに誘い、仲を深めていった。男女の関係になるのに、時間はかからなかった。

「私もまだ若くて、新入社員よりモテるということを証明できた気がしました」

さらに、Aさんは以前から唯一、不倫のことを相談していた別の男性社員（20代）とも関係を持った。しかし、それが運の尽き。20代の男性はAさんに対して本気になってしまい、不倫相手の上司に直談判するという騒ぎを起こしたのである。加えて、30代の男性との関係も打ち明けてしまっていたため、彼に対してもAさんと手を切るように迫ったという。「Aは不倫の寂しさから関係を持った。僕が幸せにする」と。

結局、不倫相手の男性が事態の収拾に乗り出し、Aさんの行動が表沙汰になることはなかった。不倫関係も解消して、20代の男性にもその気がないことをしっかりと説明した。3人の男性は今でも同じ部署で働いているが、当然、関係はギクシャクしているという。しかし、この一件である種の媚態《びたい》を身につけたのか、Aさんは9月に入って同じ部署にいる別の30代男性とも関係を持った。火種がいつ再燃するともわからない状況である。

小悪魔Sキャラの女子部員に「被害者の会」

ほかにも、「承認欲求型」では、大学の同じサークルに彼氏がいるのにもかかわらず、別のカップルの彼氏に手を出そうとするサークルクラッシャーの被害報告も寄せられた。

現在は社会人として働く20代の女性は大学時代、サークルクラッシャーのBに悩まされていた。Bは先輩の男子部員と付き合っていたが小悪魔的なSキャラで、飲み会のたびにほかの女子部員の彼氏に対して、モーションをかけることを楽しみにしていたという。

「Bは、酔ったフリをして私の彼氏の腕に抱き付いたり、ひざに寝転んだり。そして、私を見て、勝ち誇ったように笑うのです。彼氏に、『あの娘《こ》にあんなことさせないでよ』と訴えても、『酔っ払って具合悪くなった女の子になんてこと言うんだ!』と、かえって私が叱《しか》られる始末……」

しかし、Bは、実際に男女の仲にまではならない「寸止めタイプ」のクラッシャー。別の女性の彼氏が自分に心が傾きかけたタイミングですぐに飽き、ターゲットが変わっていく。当然、Bが原因で別れるカップルも続出した。サークル内の女子たちで「被害者の会」が結成されてBに対する批判を強めたが、男子部員たちはBを擁護するばかりだった。

サークルクラッシャーを名乗る、別の20代の女性は、「サークルクラッシャーになるのは、自己肯定感が低い女」と分析する。「常に誰かに好かれている状態」でなければ、自分に価値を見出すことができない。その「誰か」が多ければ多いほど、彼女たちの心は満たされる。

さらに、「常に誰かに好かれている状態」を誇示すればするほど、承認欲求は増幅されていく。結果、承認欲求型は、〝姫〟としての自分に固執し、それを見せつける示威行為としてのサークルクラッシュを繰り返すことになる。サークル（組織）内での自分の優位性を他者に示そうと、複数の恋愛沙汰を起こし、「自分こそが一番」という承認を得ようとするのだ。

Bは、おそらく「私がこのサークルで一番モテる」という承認欲求を満たすために男子部員を利用していたのだろう。結局、Bは卒業するまで女子たちを悩ませ続けたという。

「今が楽しければ、それでいい」

次に紹介するのは、「刹那主義型」のサークルクラッシャーだ。驚くべきことに、彼女は同じバイト先で8人もの男性と相次いで関係を持ったという。

中国地方に住むCは、居酒屋でアルバイトをする女子大生。飲み会が好きで、バイト仲間との飲み会には必ずと言っていいほど参加しているという。彼女いわく、お酒が入ると開放的な性格になってしまい、男性へのボディタッチが増える。男友達からは、「お前は、隙《すき》があってすぐにヤレそうな雰囲気がある」と言われたことがあるという。

そんな彼女は、男性からのお誘いが多い。バイトの同僚や上司から個人的に飲みに誘われて、その場の雰囲気でホテルに行ってしまうこともしばしばだ。そして、積み重ねた数字が8人である。その中には既婚者の社員も含まれており、奥さんがバイト先（居酒屋）に子どもを連れて飲みに来て、気まずい思いをしたこともあった。

通っている地元の大学では出会いが少なく、彼女の色恋沙汰はバイト先のみに限定されている。とは言っても、バイト先だってそんなに大きなコミュニティーではない。Cが関係を持った中には、人間関係が気まずくなって職場を離れた男性もいた。当たり前だ。

しかし、Cがすごいのは、まったく悪びれていないということである。「今が楽しければ、それでいい」と明るい声で語るCは、典型的な刹那主義型のサークルクラッシャーだ。

現在は、バイト先の飲み会に飛び入り参加してきた男性と付き合っている。同じバイト先に勤めていない人物だが、もともとバイト先の男性（8人のうちの1人だ）とつながっているため、無関係ではない。しかも、「今は彼氏がいるからほかの男性と関係を持っていませんが、不満が溜まったら、また同じことをしないとも言い切れない」と、あっけらかんと語る。

この居酒屋は時限爆弾を抱えたまま、中国地方のどこかで今日も営業している。爆弾娘が大学を卒業してバイトを辞めるまで……。

サークルと人生を滅茶苦茶にしたバイセクシャルの先輩

最後に紹介するのが、「情緒不安定型」のサークルクラッシャーだ。彼女たちは心に深い闇を抱えているタイプであるため、紹介するのが少々憂鬱《ゆううつ》である。大学時代にD先輩というサークルクラッシャーと出会った30代男性の悲痛な証言に、耳を傾けてほしい。

「初めて会った時、D先輩は美人で小柄でとても可愛らしく見えました。おまけに食事までおごってもらい、私はD先輩のことがちょっと好きになりました。しかし、D先輩は徐徐にその性的な奔放さと情緒不安定なところを露《あら》わにし始めたのです。

D先輩は当時、同じサークルの部長と付き合っていたのですが、お互いに好きだったにもかかわらず、部長がストーカー行為に及んだ（マンションのドアをバンバン叩いたなど）と言い触らし、それが原因で別れることになってしまいました。自分から別れるきっかけを作ったのにもかかわらず、情緒不安定になったD先輩はキャンパス内で酒を飲むようになりました。そして、ベンチで酔っ払っていたところに通りかかったサークルの後輩を捕まえて自宅に連れ込み、付き合うようになります。

しかし、D先輩の奇行はそれだけでは止まりません。D先輩はルームメイトの女性（この人も同じサークル所属）の彼氏に体を許して、大騒動となりました。さらに、ほかの男性部員にも手を出しました。この男性部員は女性経験がなかったため、人間不信に陥り、大学を卒業後、ニートになってしまいました。おまけにD先輩はバイセクシャルだったので、女性部員とも関係を持ちました。

そのうち、D先輩はキャバクラを経てバニーガールのアルバイトを始めましたが、住む場所も確保できなくなるくらい生活が荒《すさ》んでいき、サークルの部室で寝起きするようになりました。これにはほかの部員もたいそう迷惑だったのは言うまでもありません。D先輩の精神状態はどんどん悪くなっていき、ようやく見つけたアパートに引きこもり、留年することになりました。

D先輩はそれからもアパートに見舞いに来る部員と次から次へと関係を持っていきました。私が見舞いに行った時も誘惑してきました。しかし、私は『この人は、外見は可愛いけれど、内面は滅茶苦茶だ。関わったらこっちも精神的におかしくなってしまう』と思い、ギリギリのところでD先輩の誘いを断りました。

私が好きだったサークルは、こうして崩壊していきました。私は、先輩の行動が引き金になったサークルの惨状に心を痛め、2年休学して3年目に中退してしまいました」

情緒不安定型の恐ろしいところは、周囲を巻き込む力が並外れて強いところである。サークルクラッシュを繰り返していたという現在は既婚の20代女性は、自身の行為を振り返って、こう分析する。

「私の父は家に寄り付かない人で、幼い頃から愛されている実感が一切ありませんでした。そのせいで、誰かに好かれて安心したいという気持ちが、人より強かったように思います。そのうえで、『結局、誰も自分をわかってはくれない』と自己愛に浸っている部分もありました。

今なら滑稽《こっけい》だと思いますが、その当時は愛も理解できない子どもで、ただ求められることが愛されることだと思っていました。男を思い通りに動かすことができると思ってからは、ある種の万能感のようなものを得てしまい、肥大化した自尊心で男を惹《ひ》きつけては壊していくの繰り返しでした。今の夫に出会ってから、サークルクラッシュ行為をぴたりとしなくなったのは、『この人に大切にされる自分でありたい』と思えるようになったからだと思います」

部員の人生を次々と狂わせていったD先輩も、似たような心の闇を抱えていたのだろうか。D先輩がどんな境遇に置かれていたのかは今では知る由もないが、この女性と同じように、現在は穏やかに暮らしていることを心から祈りたい。

サークルクラッシャー作品の古典『サユリ1号』

現実の世界だけではなく、フィクションの世界にもサークルクラッシャーは登場する。サークルクラッシャーを描いた作品として、真っ先に思い浮かぶのが、2002〜2003年に「ビッグコミックスピリッツ」に連載された村上かつらの漫画『サユリ1号』（小学館）である。美少女・大橋ユキが京都の大学で数々のサークルを崩壊させていく様子が描かれた同作品は、サークルクラッシャー作品の古典と呼んでもいい存在だ。

『サユリ1号』の主人公・上田直哉は、京都の大学で海洋冒険同好会の部長を務めている3年生。部長としてはちょっと頼りない部分もあるが、副部長を務める幼なじみ・児玉知子のサポートもあり、充実した学生生活を送っていた。

そんな折、サークルの新歓コンパに2年生の大橋ユキが現れる。彼女はミスキャンに選ばれるほどの美人であり、なによりも直哉が幼い頃からエッチな妄想の〝おかず〟にしていた、空想上の美少女・サユリと瓜二つだった。
そもそも2年生が、新歓コンパに来る時点で怪しい。なにか目的があるに違いない。しかし、理想の美少女を前にした直哉はのぼせ上がってしまい、案の定ボロカスにされてしまう。
そんな大橋ユキだが、海洋冒険同好会に現れる前は、なにをしていたのだろうか。彼女の正体を探ってみると、数々のサークルをクラッシュさせてきた過去が明らかになるのだった。

……というのが、『サユリ1号』のあらすじだ。詳しくは、電子書籍版が比較的手に入れやすいようなので、そちらをチェックしてみてほしい。作中では傍若無人なモンスターのごとく振る舞う大橋ユキだが、細かく分析してみるとサークルクラッシャー特有のパターンが見えてくる。

まず外見だが、すでに述べた通りミスキャンにも選ばれる美人であるものの、どこか垢抜けない感じが残っており、いまどき「ポニーテール」や「素まゆげ」「うすめ前髪」といったセンスは、同性の女からすると「ダサい」ということになる。しかし一方で、男からすると「意外と地味でそそる」となるのがミソ。つまり、これはよく男の間で語られる「隙がある女はモテる問題」そのものなのだ。もとい、「俺でもいけそうな気がする問題」である。

男は美人が好きだ。しかし、美人すぎる女には腰が引けてしまう。完璧に化粧を施した戦闘モードの美人は、極端な場合、男から「ビッチ」と認定されてしまうことさえあるのだ。女に免疫のない男には、特にそうした傾向がある。

そんなバカな男は相手にしないに限るが、大橋ユキは男の愚かさを熟知している。彼女は、「絶世の美女」と呼んでいいほどの容姿の持ち主であることに加え、「俺でもいけそうな気がする」と思わせるのが天才的に巧《うま》い。

また、彼女は男のツボもよく心得ている。以前所属していたウィンタースポーツ愛好会では、部長の〝バイブル〟である漫画『三国志』を全巻読破。男は自分のマニアックな趣味を理解してもらえたと思った瞬間、「こいつ、俺に惚《ほ》れているな」と思い込んでしまう。「そんなバカな！」と思った女性読者は、ぜひ試してみてほしい。筆者の指摘は9割がた当たっている。そして、複数の男にそう思わせるのが、サークルクラッシャーの手口なのである。

誰かが大切にしているものを壊す遊び

大橋ユキが狙いを定めるのは、こうしたバカで単細胞な男たちだ。同作に出てくる女性キャラクターによると、大橋ユキの最も厄介な点は、「憎たらしい」と大っぴらに批判できないところにあるという。大橋ユキの悪口を言おうものなら、男から「女の嫉妬」「ひがみ」とレッテルを貼られることになる。さらには味方になってくれるはずの同性も、自身のプライドを守るために「大橋ユキを肯定できる寛容な私アピール」に必死になり、援護射撃をしてくれない。

大橋ユキは付属校からの内部進学組であり、もともとの友人は遊び慣れたイケてる学生ばかり。しかし、恋愛に成熟したその集団は、彼女の標的にはならない。もてあそびがいがないからだ。彼女は、「格下」を相手に、破滅的な遊びに戯れ続けている。なぜ、そんなことに情熱を注ぐのかというと、一口に言ってしまえば「誰かが大切にしているものを壊すため」である。

印象的な場面がある。

大橋ユキが崩壊させたサークルの部室に、「連絡ノート」が落ちている。そこには、「岡田丸かじり事件、再びか⁉」「スクープ　アヤカちん髪を切る！」といった、第三者が読んでも面白くもなんともない言葉が並んでいる。

大学生活なんて、だいたいそんなものだ。偶然に出会ったメンバーが、その出会いを「奇跡」だと信じ込みながら4年間を過ごす。客観的に見れば奇跡でもなんでもない、どこの大学でも量産されているような平凡なメンバーとの平凡な出会いを奇跡として有り難がり、思い出を築いていく。それは、決して悪いことではない。ほとんどの人間は、そうした平凡を積み重ねて人生を終えていくのだ。

しかし、大橋ユキが見たいのは、もっと「純度の高いモノ」である。サークルに所属する同学年の男ほぼ全員と彼女が肉体関係を持っていたことを知って問い詰める女子メンバーに対し、大橋ユキは「これはあくまでも、あたしと男の子たちとの問題なんです」と言い放つ。

奇跡なんて、いくらでも塗り替えられる。「男の子たち」にとっては、大橋ユキとの出会いこそが「奇跡」なのであり、ほかのものは偶然そこにあるだけの背景になり下がる。たったそれだけのことを証明するために、彼女は突然サークルに現れて、クラッシュさせていくのだ。誰かの大切な「奇跡」を否定するだけのために。

そして、「自分だけの奇跡」を信じた「男の子たち」は、残酷な現実に再起不能になるまで打ちのめされ、サークルは崩壊していく。

大橋ユキの本当の恐ろしさ

さて、大橋ユキがサークルクラッシャーになってしまった原因はというと、いまいち判然としないものがある。彼女は親の仕事の関係で幼い頃から転校を繰り返しており、自身を母親が育てる植物と同じだと思っていたようだ。転居が多いため、鉢植えでしか育てられない植物。狭い空間の中、必死に根を張ろうとする苦しげな姿に、彼女は自身の境遇を重ねていた。深く地面に根を張る生き方を、どこかで諦めてしまったのかもしれない。

……と、ここまで読んで、憤慨した人も多いはずである。「もっと大変な境遇で育った子どもは、いくらでもいる。それくらいのことで被害者ヅラして、他人に迷惑を掛けるなんて許せない」。そう思ったあなたは、残念ながらすでに大橋ユキの術中にハマっている。転校を繰り返していた小学生時代の回想で、大橋ユキを妬《ねた》んだ女子たちが男子に詰め寄るシーンがある。女子たちは、「あの子は性格が悪い」と告げ口し、男子に同意を求める。あまりの剣幕に、男子はたじろいでいる。そんな様子を物陰から見て、彼女はこう思う。

あーあー
そんなの逆効果なのになぁ。
男のコは女のコがいがみ合っている場面が苦手なの。
そういう怖い顔みると逃げ出したくなるの。
…自分がニコニコかわいく在れば、それでいいのに…
いつだって、被害者ヅラを忘れずに♡

男の筆者から見て、彼女の言うことには一理あるような気がする。怒っている女のコは怖い。しかし、そう思った時点で、筆者自身も彼女の術中にハマったバカで単細胞な男の一人なのだ。

サークルクラッシャーが誕生する理由

ところで、なぜサークルクラッシャーは誕生してしまうのだろうか。最後に、サークルクラッシャーが生まれる理由と、その背後にある構造について見ていきたい。

ライトノベル『サークルクラッシャーのあの娘、ぼくが既読スルー決めたらどんな顔するだろう』（秀章著、R_りんごイラスト、角川スニーカー文庫）が2016年11月に発売され、話題になった。サークルクラッシャーについて取材してきた筆者としては、なんとしても一読せねばなるまいとの使命感から、早速手に入れてページをめくってみた。

「七氏族軍資」と呼ばれる伝説の秘宝を追い求める冒険者たちの時代。「軍資に一番近い」とされる旅団（サークル）のメンバーたちが、とあるダンジョンで巨大な結晶の封印を解いたところから、物語が始まる。結晶から現れたのは、金色の髪がなびく美少女・クリスティーナだった。彼女は記憶喪失であり、その記憶を取り戻すため冒険を共にすることになる。しかし、彼女の存在によりメンバーの間に亀裂が入るようになり……。最強の旅団と呼ばれ、屈強なモンスターでも容易《たやす》く倒すメンバーたちも、サークルクラッシャー・クリスティーナの前では無力に等しかった。次第にメンバーたちの心はバラバラになっていってしまう。

こんな場面もある。自分への気持ちを確かめようとする白魔道士に対して、クリスティーナは優しさや読書家といった魅力をあげ、「それに……私のこと好きですよね？　ですから、好きです」とあっけらかんと話すのだ。つまり、彼女からしてみれば、「旅団のメンバーが私のことを好きだから、私も好きになった」という理屈が成り立つ。これでは、どちらがサークルクラッシュの原因を作ったのかわからなくなってしまう。

さんざん思わせぶりな態度を取っておいてそれはない、と思わないでもないが、彼女の言葉はサークルクラッシャーの、ある一面を浮かび上がらせている。

これは鶉まどか氏の著書『岡田斗司夫の愛人になった彼女とならなかった私　サークルクラッシャーの恋愛論』で指摘されていることでもあるのだが、サークルクラッシャーという現象は、「相手」がいなければ成立しない。

サークルクラッシャーを語る際は、「女＝加害者」という側面だけに焦点を当てられがちである。しかし、ことが色恋沙汰である以上、必ず相手の存在が必要不可欠だ。相手の存在なくしては、色恋沙汰は発生しないため、サークルクラッシュは成り立たない。となれば、サークルクラッシュの原因を女側だけに求めるのはフェアでないし、検証としては不十分である。


クリスティーナの特徴は、徹底的に無自覚なことである。実在するサークルクラッシャーにも無自覚なタイプはいるが、彼女たちは、男を惹きつける美貌や媚態を「無自覚」に備えており、簡単に言ってしまえば非常にモテる。モテるだけならいいのだが、すべての相手からの好意を受け入れ、自分も好意で応えようとしてしまう結果、男たちの間で「所有」を巡る争いが起き、サークルを崩壊させてしまうことになるのである。

しかし、その所有という発想が、そもそも彼女たちにはない。「誰かに所有されなければならない」という考え方は、すべての好意に応えようとする慈悲深い彼女たちだからこそ、ナンセンスなものに思えてしまう。

「誰か一人に所有されるべきだ」と説教するのは簡単だ。しかし、それは男側の理屈であり、そういった価値観を持たない彼女たちに対して押し付けることが果たして可能なのだろうか。そして男側が強弁するほど、その理屈は正当なものなのだろうか。

「誰か一人に所有されるべきだ。特に女はな」

無自覚なサークルクラッシャーがいるならば、逆に、無自覚にサークルクラッシャー認定されてしまう女もいる。いずれにしても、女にサークルクラッシャーの烙印《らくいん》を押すのは、ほとんどの場合、男たちである。それが正しいにしろ正しくないにしろ、そこには「誰か一人に所有されるべき」という価値観が歴然としてあり、その禁を犯した者には「サークルクラッシャー」という烙印が刻まれるのだ。

そして、同じことを男がしてもサークルクラッシャーとは呼ばれないという非対称性が、問題の背後に横たわっている。

仮に複数の男と肉体関係を持った女がいたとしよう。確かに彼女たちは、サークルクラッシャーと呼ばれても仕方ない側面があるかもしれない。しかし、逆を考えてみるとどうだろうか。男が同じことをしても、ただの「遊び人」や「ヤリチン」といった言葉で片付けられることが多い。下手すると、モテる男の武勇伝として語られることさえある。

この非対称性を一言で言ってしまえば、「誰か一人に所有されるべきだ。特に女はな」ということになる。男にとってサークルクラッシャーという言葉は使い勝手がいい。自分のものにならない女を、サークルクラッシャー認定して溜飲《りゅういん》を下げることができてしまうからだ。そうした実態を無視して議論を進めてしまうと、サークルクラッシャーの問題が「女個人の資質」（ビッチやメンヘラなど）に矮小化《わいしょう》されて語られることになってしまうのである。

環境が生んだ怪物

大学1年生の時に複数の先輩から言い寄られ、結果的にサークルクラッシャー認定されてしまったという、音楽サークルに所属する女性はこう憤る。

「男性側からすると、『お前が思わせぶりな態度をとった』ということになるのかもしれませんが、とんだ濡《ぬ》れ衣《ぎぬ》ですよ。これからサークルに馴染んでいこうとする1年生としては、先輩から食事に誘われれば断れないいし、音楽の話も聞きたい。なのに、『俺以外とも、ご飯を食べに行っている』と彼氏面されても……。ご飯を食べに行ったくらいで勝手に勘違いして、人をサークルクラッシャー扱いするなんて幼稚にもほどがあります」

孤独な無人島生活にサークルクラッシャーがいないように、集団がないところにサークルクラッシャーは存在しない。むしろ、集団が抱える問題が、サークルクラッシャーという「現象」に顕在化しただけだとも考えられる。すべてがそうだとは言わないが、女を「所有物」とみなす男が作り出した環境が、サークルクラッシャーを生み出す土壌になることもある（クリスティーナが、まさにその一例だ）。

男たちに過剰にチヤホヤされて、彼女たちは〝姫〟になる。そういう意味で彼女たちは、「環境が生んだ怪物」であるとも言えるのだ。なぜ彼女たちをそうさせてしまったのかにまで目を向けなければ、サークルクラッシャーの問題が絶えることはない。

いずれにしても、サークルクラッシャーの問題を語る際には、サークルクラッシャー個人の資質や性格だけではなく、サークルクラッシャーを発生させる構造や環境にまで踏み込んで考えなければ本質は見えてこない。個人の資質と構造的な問題が相互に影響し合って、「サークルクラッシャー」という現象が発生していると分析することもできる。

世に男と女の集団がある限り、サークルクラッシャーの種は尽きない。今日も、どこかでサークルが崩壊しているかもしれないのである。

周囲からウザがられる「意識高い系」の人たち

プロフィール盛り、人脈自慢、カタカナ大好き……

「意識高い系」という言葉が注目されている。この言葉は主にインターネット上で特定の人々を揶揄《やゆ》する際に使われ、「意識高い系（笑）」と表記されることもある。

常見陽平氏の著書『「意識高い系」という病　ソーシャル時代にはびこるバカヤロー』（ベスト新書）でその実態が伝えられているほか、2015年3～4月にはNHK BSプレミアムで『その男、意識高い系。』というドラマまで放送された。

世間から注目されている意識高い系とは、どのような人々なのか。同番組のホームページでは、その特徴を次のように紹介している。

・やたらと自分のプロフィールを「盛る」
・ソーシャルメディアで意識の高い発言を連発する
・人脈を必要以上に自慢する
・カタカナ大好き

つまり、「自分のビジネススキル、経歴を自己演出し、ぱっと見、スゴイ人に見える人たち」なんだそうだ。

ビジネスにおいて、意識が高いことは結構なことだ。向上心がないよりずっとマシである。しかし、「(笑)」つきで揶揄される彼、彼女たちは、発言や行動が身の丈にあっておらず、周囲からは「実力が伴っていないくせに」と面倒臭い人扱いされる場合が多い。

そのため、意識高い系の人は「痛々しい人」に見えてしまい、時に嘲笑《ちょうしょう》の対象になってしまうのである。

実際に、筆者の元に寄せられたエピソードを見てみよう。取材をしてみると、意識高い系への不満が出るわ出るわ……。

「教育係を任された新人が、なにかと『この仕事はどのように社会の役に立っているんですか？』と聞いてきた。社会貢献云々を言う前に、まずは仕事を覚えてもらいたいんですけど……」（30代／男性）

「『ツイッターで有名な○○さんを知っている』などと、やたら人脈を自慢する同僚。そんなに親しいなら、仕事の一つでも取ってこいよ」（20代／男性）

「『残業は非生産的。世界基準では、イノベーションを起こす会社は残業なんかしていない』と上司。定時に帰るのはいいんだけど、全然仕事が終わっていないから、結局部下の私たちが残業することになる。勘弁してほしい」（20代／女性）

世界基準を語る前に、自分の仕事くらいきちんとやってほしいものだ。「イノベーション」というカタカナ語を使うのも、いかにも意識高い系らしい。

そのほかにも、名言をやたら引用したがる意識高い系もいるようだ。引用するのは、スティーブ・ジョブズ氏や孫正義氏といった、著名な経営者の名言が多い。

なぜそんなに「上から目線」なのか

意識高い系の中には、「上から目線」な人々もいる。

「飲み会での話。初めて会った男子になぜか気に入られたらしく、『君なら僕たちの世界に入ってこられる素質があるよ』と言われ、以後、フェイスブックのメッセージで異業種交流会やら勉強会やらにやたらと誘われる。『僕たちの世界』って、どんだけ上から目線なんだ。ただの営業マンのはずなのに……」(30代／女性)

ちなみに、誘われた勉強会は「87年会」(1987年生まれが集まる会)、「若手ビジネスリーダーの会」「カフェ文化研究会」といった香ばしいものだったらしい。

ほかにも、こんな〝上から目線さん〟たちがいる。

「ツイッターのフォロワー数で人を判断する同僚。フォロワー数が自分より少ない人は、価値がないと思っている。自分だって300人程度なのに」(30代／男性)

「就活生だった時、グループディスカッションで司会になるのではなく、一歩引いたところから『で、○○さんはどう思うの？』みたいに、『俺は君たちと同じ場所ではなく達観してるんだぜ』感を出してくる人がいて、イラッとした。そして終了後、同じグループになった人たちを集めて『メアド交換しようよ、就活で知り合った人たちと連絡を取り合うのって楽しいんだよ？』と全員に連絡先を聞いていました。その中には、バイトがあってすぐ移動しなきゃいけない子もいたのに、急いで帰ろうとするのを引き止めて……。空気読めよ」（20代／女性）

最近では、名刺を自分で作って配っている学生もいる。その名刺には、メールアドレスのほか、ツイッターやフェイスブックのアカウントが記載されていることが多い。

余談だが、巷では「ママ名刺」なるものも存在するそうだ。子育て中の母親がママ友に配るものだという。「女性セブン」２０１５年4月30日号によると、夫の勤め先が書いてあるママ名刺を配る母親もいて、夫が一流企業に勤めていないと肩身が狭い思いをするというから驚きだ。これも、意識高い系の亜種なのであろうか。

彼女のミスに「原因と対策」を求める男

ビジネスや就活のシーンだけではなく、意識高い系の人々はプライベートでも出没する。

「フェイスブックで女子会の写真をアップしようとしたら、スマホで撮影した写真をチェックして何度も撮り直しを要求する友達がいた。いわく、自分のイメージと違うということらしいのですが、芸能人じゃないんだから」（20代／女性）

ソーシャルメディア上で自身をプロモーションする「セルフ・ブランディング」の一環なのだろうか。写真写りを気にする気持ちはわからないでもないが、周囲からすると面倒臭いことこの上ない。

また、恋人が意識高い系だと、とんだ苦労を背負い込むこともある。

「昔付き合っていた人が、有名なビジネス書の著者を『先生』と呼んでいる意識高い系だった。ある日、デートの日の認識がお互い違ってしまい、彼が無駄足を踏んだという出来事がありました。普通だったら『気をつけよう』程度で終わると思うんですが、彼の場合は、『こういったミスが発生した原因と対策』を求めてきてドン引きした」（30代／女性）

「ミスが発生した原因と対策」を求めるとは、上司かクライアントのようである。もはや恋人ではない。パワーポイントを使い、ミスを防ぐ対策をプレゼンテーションしている恋人の姿を見て、「なるほど、これで同じ失敗は繰り返さないな」と満足するのだろうか。

何度も言うが、意識が高いこと自体は悪いことではない。筆者は新卒の時、現場に配属された初日の歓迎会で酒を飲みすぎ、終電を逃して上司の家に雑魚寝《ざこね》させてもらったことがある（しかも、その会社は1年で辞めてしまった）。意識が低いよりは高いほうが、向上心があって良いに決まっている。

しかし、実力や実態が伴っていない意識高い系が職場にいる場合は困りものだ。そういった人には、向上心を刺激して、本当の意味での「意識が高い人」になってもらうしかない。意識が低い「サボタージュ社員」よりはマシだと思って接するしかないだろう。もしかしたら、スティーブ・ジョブズ氏や孫正義氏のように大化けするかもしれないのだから。

また、意識高い系の中には自分の価値観を押し付けてくる人がいる。彼、彼女たちが思う「自分の水準」に合わせることを要求してくるのだ。ツイッターで過剰にポジティブな〝ポエム〟を披露したり、仕事論をぶち上げたりする人にこの手が多い。

どうしても気になってしまうという人は、ツイッターの場合、フォローを外したりブロックしたりしなくても、ツイートを非表示にできる「ミュート機能」がある。この機能を使えば、人間関係にヒビを入れずに快適な環境を維持することができる。

それでも意識が低いよりはマシ？

筆者自身は意識高い系を、それほど悪くは思っていない。なかには本当に優秀な人もいるのだから、一緒くたに「意識高い系（笑）」とくくって揶揄してしまうと、日本人の悪い癖である「出る杭を打つ」ことになってしまう。深夜のテンションや酒の勢いに任せ、ソーシャルメディアで意識が高いことをつぶやいてしまった経験なんて、誰にでも一度や二度はあるだろう。

意識高い系の発言は、ある意味、自分自身に言い聞かせているという側面もある。「こういう人間になりたい」「立派な人間とは、こうあるべきだ」と自分を奮い立たせることで、成長しようとしているのだ。そう考えれば、ちょっと微笑ましく思えてこないだろうか。

しかし、専門の書籍やテレビドラマが話題になることから見ても、世の中には意識高い系に悩まされている人が多いようだ。また、筆者が取材して面白かったのが、「今の発言は意識が高いと思われていないだろうか」などと不安に思っている人もいたことである。どこからが面倒臭いと思われる意識高い系で、どこまでがそうでないのか。その境界線は曖昧だ。

意識が高すぎても、低すぎてもダメ。そうした空気の読み合いも、意識高い系の勘違い言動と同じくらい面倒臭いことは言うまでもない。

ビジネスシーンに蔓延するカタカナ語を使う人たち

コアコンピタンス、デファクトスタンダード……

２０１６年1月、タレントのベッキーさんが、自身の不倫疑惑を報じた「週刊文春」を「センテンス スプリング」と呼んで話題になった。不倫相手とのＬＩＮＥのやり取りで使った言葉らしい。なんというセンスだろうか。言葉を扱うことを生業《なりわい》にする筆者としては嫉妬しかない。「センテンス スプリング」は、その年の新語・流行語大賞にもノミネートされた。

「センテンス スプリング」の直訳があっているのかどうか、英語圏に足を踏み入れたことがない筆者には判断しかねるが、世間にはほかにも怪しげなカタカナ語が蔓延《はびこ》っている。特にビジネスの世界では、意味がわからないカタカナ語が大量に流布しているのだ。

たとえば、ＩＴベンチャー・ＬＩＧのホームページに記載されている「第８期代表あいさつ」が、カタカナ語を使いすぎて意味不明だと話題になった。実際に読んでみると、「コアコンピタンス」「デファクトスタンダード」など、聞き慣れないカタカナ語が大半を占めた文章となっている。ネット上に面白コンテンツをたびたび投下する同社のことだからネタだとは思うが、カタカナ語を「意識高い」「ウザい」と感じる人が多いようである。

ウェブリオが若手ビジネスパーソン（20〜30代）に実施した調査によると、カタカナ語に困惑した経験のある人は54・５％もいるそうだ。そのうち19・８％がカタカナ語を理解できずビジネスシーンで失敗に至ったことがある。ちなみに、三大都市圏では大阪でカタカナ語が一番使われているらしい。大阪商人の欧米化が進んでいる。

いくら本人たちがカッコイイと思って使っていても、ビジネスで失敗してしまったら本末転倒だ。筆者も理解できないカタカナ語を使われて、困惑した経験は何度もある。ということでこの項では、世間でウザがられがちなカタカナ語を紹介していこう。

「エクスキューズ」を使う上司が信用されない理由

リスケ

かなりの頻度で使われるのが、「スケジュールの変更」を意味するリスケという言葉。リスケジュールの略だが、意識高いビジネスマンは、あえてわかりにくく短縮させるのが好き。ビスケットみたいな語感で可愛くはあるものの、現場の人間にとってはまったく可愛くない。この3文字で、すべての予定が組み替えになる。現場は大混乱だ。

「あの案件は、リスケで」と、上司やクライアントから言われた瞬間、現場のスタッフたちは凍りつく。「リスケ」という、いかにも気軽な物言いが、余計に反感を買ってしまうこともあるため、使う時には注意が必要である。

エクスキューズ

中学校の時に習った癖で、思わず「ミー」と続けてしまいそうだが、エクスキューズは「言い訳」を指すカタカナ語だ。社内でエクスキューズすると怒られるが、取引先には事前にエクスキューズしておくことが求められるといった、大いなる矛盾をはらんだ複雑なカタカナ語である。

さらに、「お前のエクスキューズは聞きたくない。しっかり仕事しろ」と言っている上司が、自身の仕事に関してはエクスキューズを連発するという事案も頻繁に発生しているため、この言葉を使う人はいまいち信用されない。

エビデンス

かつらメーカーを想起させるような言葉だが、意味としては「証拠」のこと。「言った、言わないの言質」という意味で使われたり、時には企画や提案などを出す際に必要な客観的根拠という意味で使われたりもするらしい。ややこしくてたまらない。

上司にエビデンスを求められた場合、迅速な対応が必要だ。「言質」という意味で使われた場合は、だいたい面倒臭いことになる。トラブルを防ぐため、大切なことはメールでやり取りし、エビデンスを残しておくことをお勧めする。

「アサップ」はさすがにどうかしている

ASAP／エーエスエーピー／アサップ

恥ずかしながら、筆者はこの原稿を書くまでその意味を知らなかった。「as soon as possible」（アズ・スーン・アズ・ポッシブル）の頭文字をとった言葉で、「できるだけ早く」という意味らしい。先ほど紹介したウェブリオの調査で、困惑したことのあるカタカナ語の第8位に入っているところを見ると、世間ではよく使われている言葉なのだろう。

それにしても「アサップ」とは、なんなのだろうか。ASAPでも十分わかりにくいのに、さらに謎のカタカナ語に変換されても、こっちが困る。本当に、この国はどうかしていると思う。

NR／エヌアール

そして、同じく8位には「NR／エヌアール」という言葉が入っている。なんのことだと思ったら「No Return」（ノーリターン）の略で、「出先からそのまま帰宅すること」を指す言葉だというから驚きだ。突っ込むのも疲れたので、ノーリアクションでいいだろうか。

ローンチ

「立ち上げる」を意味する言葉。ウェブサイトやサービスが公開される時にも使われる。メディア業界では耳慣れた言葉だが、筆者はずっと間違って「ローチン」と言っていた。変態だと思われていなかったか心配である。

コミット

各種の調査で、困惑するカタカナ語として1位に輝いているのが、この言葉である。もう意味を説明する必要はないだろう。ライザップのCMに感謝しよう。

しかし、功もあれば、罪もある。ライザップのせいで、「結果にコミットしろよ」とドヤ顔で言ってくる上司がそこかしこに出現しているからだ。真面目な部下なら、「CMで有名な、例のあのポーズを取らなければいけないのではないか」と悩むかもしれない。余計な面倒臭さが増えて、本当にやれやれである。

いかがだっただろうか。そうはいっても、筆者も思わずカタカナ語を使ってしまうことがよくある。しかし、使う前に今一度、本当にカタカナ語にする必要があるのか熟考してみたいものだ。少なくとも「アサップ」はおかしい。どう考えても「あざっす!」にしか聞こえない。「こちらこそ!」と答えてしまいそうである。

カタカナ語に対しては、バラエティーに富んだオピニオンがあると思うが、筆者はこれからもカタカナ語のエビデンスにコミットし、アナライズしていきたいと思う。

子どもの泣き声にイラつく人たち

赤ちゃんの泣き声は騒音？

世の中は、イライラすることで溢れている。しかし昨今は、その社会的な沸点があまりにも低くなっているように思えてならない。

子どもの声が騒音であると感じる人も多いようだ。Jタウン研究所の調査によると、子どもの声を騒音だと思う人は、58・8％にも及んでいる。東京に限って言えば66％。秋田県では85・7％もの人が、子どもの声をうるさい騒音だと感じているというから驚きである。

特に、電車や新幹線の中で泣く子どもに対して、世間から冷たい目が向けられている。ベビーカーを押して移動する母親（父親も）にさえも、クレームを言う人が多いのだという。こうした問題はインターネット上やワイドショーなどでもたびたび取り上げられ、大きな議論を呼んできた。なぜ、日本はこんなにも不寛容な社会になってしまったのだろうか。

筆者は、子どもの泣き声やベビーカーを押す母親のことを迷惑だとは、まったく思ったことがない。だって、仕方がないではないか。子どもは泣くし、お母さんだって移動はする。子どもを持つ人は、家にずっと閉じこもっていろとでも言うのか。筆者は子どもが泣いても「可愛い」としか思わないので、イライラする人の気持ちが理解できない。

むしろ、筆者は電車で泣いている子どもを目撃した時に、「もしかして、周りの人がイライラして文句を言うんじゃないか」という不安で居心地が悪くなってしまう。そういう心配をしなければいけないことに対して、イライラしてしまうのだ。子どもの泣き声ごときで不寛容な態度を取ることこそ、公共の場に相応《ふさわ》しくないように思える。

つまり、周りのイライラを心配することのほうが、よっぽど面倒臭いのである。その場が嫌な雰囲気に包まれないだろうか。トラブルに発展しないだろうか。そうヤキモキして、「イライラする人に、イライラする」という状態に陥ってしまう。

かくも生きづらい不寛容な日本社会

もちろん、子どもが泣き叫んでも無視してスマートフォンをいじったり、お喋《しゃべ》りをしたりしているような母親もいるだろう。しかし、それはマナーの問題だ。分煙を守らず路上喫煙する人と、ただの愛煙家を分けて考えなければいけないことと同じである。子どもの泣き声自体は「悪」ではないのだ。

少子化の影響で自分が子育てをしていないことにより当事者の気持ちがわからず、イライラしてしまう人が増えているという指摘もある。しかし、こうも世間の目が冷たければ、いざ自分が子どもを産んだ時に萎縮してしまう人も増えるだろう。筆者も子どもがいないが、いつか子どもを授かった時のことを思うと憂鬱になる。

これでは、少子化の波が止まるはずがない。どこかの経済アナリストが、「子どもの泣き声やベビーカーにイライラする人がもたらす経済損失」を試算して、発表してくれないものか。

こうした不寛容な社会に面倒臭さを感じる場面はほかにもある。

たとえば、飲食店で店員のささいなミスに激怒する人。こっちは気持ち良く食事をしているのに、過剰なクレームを聞かされて気分が悪くなり、楽しい場が台無しになる。もしかしたら、その手の人はクレームを言い、店員を懲らしめる権利が自分にはあるのだと思っているかもしれない。しかし、少しはこちらの「楽しく食事する権利」にも心を向けてほしいものだ。

コンビニのレジでもたつく老人に、舌打ちをしている人も見たことがある。駅前のコンビニだったこともあり、電車の時間を気にしていたのかもしれない。確かにコンビニはスムーズなレジ対応が魅力だし、気軽に速く買い物ができることもサービスの一つだという見方もある。しかし、たった1、2分待つことを許容できないような、余裕のない生活をしていること自体どうなのか。もっと時間にも心にも余裕を持って生きてほしい。

電車の中で騒ぐ外国人観光客に対して文句を言う人もいるが、「日本が楽しいんだな」くらいに思っていればいいのである。

「ネガティブな気持ちを伝播させる」というマナー違反

何度も言うが、子どもはところ構わず泣くし、人はミスをする。お年寄りはレジでもたつくし、外国に来ればテンションが上がる。なぜ、それを「仕方ない」と思えないのか。なかには、女性の香水や男性の加齢臭に不快な思いをしている人だっている。しかし、すべてに文句を言っても仕方がない。生活していると、いろんな〝バグ〟に遭遇することがある。みんなが寛容の精神で乗り切る努力をしなければ、殺伐とした社会になってしまう。

筆者は、マナー違反を放置すればいいと言っているわけではない。問題は、ネガティブな気持ちは人に伝播するということだ。「ネガティブな気持ちを伝播させる」というマナー違反をおかしていることに、なぜ気づいてくれないのか。筆者は、率直にそう感じるのである。

フェイスブックが、ユーザーのフィードの内容を操作する実験をしたとして問題になったことがあった。それによると、ネガティブな投稿を表示されたユーザーは、自身でもネガティブな投稿をする傾向があったそうだ。

また、予防医学研究者の石川善樹氏はウェブメディア「cakes」のインタビュー（2014年12月17日付）で、愚痴ることは脳内でストレスフルな状況を再現していることになり、健康被害が起こる可能性があると指摘している。そして、「人間のネガティブ感情は、急速な勢いでまわりの人に伝播していきます。煙草の副流煙は、まわりの人に健康被害を及ぼすと知られていますけど、愚痴も同じくまわりの人にネガティブ感情をまき散らす可能性があります」とも。

煙草の副流煙にたとえられるくらい、ネガティブな感情は体に悪いのである。

だから、イライラを拡散する人に、私たちはもっと文句を言っていいと思う。

公共の場において、イライラしている雰囲気を撒き散らす人々に言いたい。そのイライラに、イライラする人がいるということを。「ネガティブな気持ちを伝播させる」というマナー違反について、もっと真剣に考えてもらいたいものである。

電車で高齢者に席を譲らない人たち

若い男性が「どうぞ」と席を譲ったその時……

電車の中でお年寄りに席を譲る――。そんな当たり前の「常識」が、現在では通用しなくなってきている。席を譲らない人が増えてきているのだ。どうしてだろうか？

先日、筆者が電車に乗っていると、ある駅で高齢の男性が乗り込んできた。車内は混雑とまでいかないものの、吊り革につかまって立っている乗客がちらほら、といった感じだった。高齢の男性を見るや否や、若い男性が席を立ち、「どうぞ」と席を譲った。車内には、ちょっとした緊張が走った。高齢の男性は見るからに気難しく、席を譲られたことでプライドが傷つくのではないかと思われたからだ。

案の定、高齢の男性は、「次の駅で降りますので」と若い男性の申し出を断った。車内には、どことなく気まずい空気が漂う。誰のせいでもない。なのに、なぜ我々はこんな気持ちを味わわなければならないのだろうか。現代における理不尽の一つである。

この場合は、当人たちや周囲が気まずい思いをするだけですんだが、電車の席を巡っては、時にトラブルに発展するケースもある（当然、席を譲らなかったことによってトラブルになることも）。「お年寄りを敬うべきだ」という常識は聞こえはいいが、実際には「お年寄り」の線引きは難しく、またお年寄り自身の主観によっても違ってくるため、敬う側が心理的な負担を強いられてしまう事態になるのである。

「席を譲るべき」派が2割近く減少

乗り換え案内サービス「駅すぱあと」を提供するヴァル研究所が２０１６年11月に発表した調査結果によると、「お年寄りなど優先すべき人がいた場合は、優先席では席を譲るべき」と考えている人は75・９％で、２０１３年に行われた同様の調査と比較すると、約17％も減少していることがわかっている。わずか3年で激減した形だ。

また、「優先席以外でも席を譲るべき」と考えている人は全体で57・１％だったが、こちらも２０１３年の調査と比較して約19％も減少している。ちなみに、優先席、優先席以外ともに女性のほうが男性よりも「譲るべき」と考えていない傾向が強いという。

その一因となっているのは、やはり「譲ろうとしたが、断られた」という苦い経験だ。同調査によると、61・0％の人が席を譲ろうとして、相手に断られたことがあると回答している。つまり、半数以上の人が席を譲ろうとしたことがあるにもかかわらず、なんらかの形で拒否された経験があるため、「親切にしても、相手が嫌がるなら……」と萎縮して、その後は譲るのを控えるようになった可能性があるということだ。


現代においては、見た目の年齢も、本人が持っている自己イメージとしての年齢も以前の基準では測れなくなってきている。しかし、当然ながら「お年寄りに席を譲る」という常識は依然としてあるし、それをなくすべきだとは誰も思わない。だからこそ、「席を譲らなくては」という気持ちと、「いや、でも相手が不快な思いをするかもしれない」という気持ちの間で揺れ、居心地が悪くなってしまう。冒頭で紹介したエピソードは、まさにそうした乗客の心理が表れた一例だったと言えそうだ。

また、譲らなかったら譲らなかったで、「なんで席を譲らないんだ」と文句を言われるリスクもある。いったい、どうしたらいいのかと頭を抱えている人も多いだろう。

磯野波平と藤井フミヤが同世代の違和感

2017年に入ってから、こんなニュースが世間を賑《にぎ》わせた。日本老年学会と日本老年医学会が、高齢者の新定義に関する提言を発表したのだ。それによると、従来の65歳以上という定義を改め、「高齢者」を75〜89歳とするという。さらに、65〜74歳を「准高齢者」、90歳以上を「超高齢者」と定義した。

両団体は、「高齢者、特に前期高齢者の人々は、まだまだ若く活動的な人が多く、高齢者扱いをすることに対する躊躇、されることに対する違和感は多くの人が感じるところ」とし、「65歳以上を高齢者とすることに否定的な意見が強くなって」いると指摘した。その背景には、「現在の高齢者においては10〜20年前と比較して加齢に伴う身体的機能変化の出現が5〜10年遅延して」いることがあるとしている。

確かに、70歳を超えている人でも、いわゆる「ヨボヨボのおじいさん」にはまったく見えないケースが多い。個人差はあるものの、社会全体が「アンチエイジング」している現在において、高齢者の定義は難しい。「定年＝隠居」というイメージもない。そもそも、高齢者に限らず世の中の全世代が若返っている印象がある。

以前の社会的な年齢のイメージと現在がどれだけかけ離れているかは、『サザエさん』の登場人物の年齢を調べてみれば一目瞭然だ。磯野波平は54歳であの貫禄だが、一つ年上の藤井フミヤさん（２０１８年5月時点）は、まだ若々しい。65歳を准高齢者とする提言にも、頷《うなず》くことができる。

マタニティマークに批判の声も

「席を譲ろう」という親切心が、相手に対し「私はまだ、老人じゃない」という不快感を与えてしまうのは、なんともやりきれないことだ。また、相手がそう感じるのではないかと忖度し、声をかけるのを萎縮することによって、本当に席を譲られなければいけない人が不利益を被ることがあるのだとしたら、それは由々しき事態である。

さらに、当然お年寄りだけではなく、妊婦さんにも席を譲るべきだとは思うが、見た目だけでは判断のつかない場合がある。「万が一、違ったら失礼になる」と考える人も多い。妊娠を周囲に知らせる「マタニティマーク」もあるものの、それを付けていることによって、逆に妊婦さんが不快な思いをする事態も発生しているという。

なかにはマタニティマークを見て、「幸せ自慢か?」「妊婦は偉いのか?」「不妊治療をしている人の気持ちも考えろ」と思う人もいるそうだ(「産経ニュース」2016年1月1日付)。個人的には妊婦は偉いと思うのだが、いかがだろうか。少なくとも批判の対象になるのは、どう考えてもおかしい。しかし、世の中にはいろいろな考えの人がいるものだ。ますます公共の場での振る舞い方が、難しい時代になっている。

数十年後、仮に自分が電車の中で席を譲られるようになったら、「ああ、自分もついにそういう年齢になったんだな」と自覚して、譲ってくれた若者に素直に感謝したいと思う。しかし、30代中盤の今、お年寄りに率先して席を譲るかどうかと問われたら、答えに窮してしまう。相手を怒らせてしまって、面倒臭いトラブルに巻き込まれるのは御免だからだ。おそらく見ないふりを決め込むか、もしくは電車が駅に到着したタイミングを見計らって黙って席を立ち、別の車両に移るかだろうと思う。

どちらにしても、相手とのコミュニケーションを避ける戦略だ。なるべく後者を選択したいと思っているが、そんな選択しかできない自分の度量が情けなくもある。

電車で化粧をする女たち

女性のメイク時間は増加している？

マナーの問題として、もはや古典とも言えるのが、〝電車で化粧〟である。電車で化粧をする女性が登場したのは、いつ頃なのだろうか。正確な時期はわからないが、公共の場でのマナー違反の典型例として、世間ではとらえられていると言えよう。

乗り換え案内サービス「駅すぱあと」を提供するヴァル研究所が２０１７年11月16日に公開した調査結果によると、電車やバス車内での化粧をマナー違反だと思う人は95・１１％にも及んだ。にもかかわらず、公共の場で化粧をする女性は後を絶たない。同調査によると、電車やバス車内で化粧をしたことがあると回答した女性は26・９％となっており、４人に１人以上が「マナー違反」を経験していることになる。

とはいえ、一方では「化粧をして仕事をする」ことを、社会人としての最低限のマナーと考える人も多い（それ自体が、ジェンダーの問題的にどうなのかという議論もあるが）。ポーラ文化研究所のレポートによると、女性がメイクにかける時間は平均15・1分。2015年からの調査と比較すると、メイク時間は増加傾向にある。

忙しく働く女性にとって、朝の時間は短い。寝坊などの理由により、どうしても家でメイク時間が取れない場合、「化粧をして仕事をする」というマナーを守るために、「電車の中で化粧をする」というマナー違反をおかさなければならない、という事情もある。世間は〝電車で化粧〟問題について、どのように感じているのだろうか。

車内での化粧を認めないのは女性差別か

2016年、ある鉄道会社の広告が物議を醸した。東急電鉄によるマナー向上キャンペーン「わたしの東急線通学日記」である。上京した女性の視点から、都心における公共の場でのマナーについて考える内容で、問題の広告では女性が電車内を眺めながら「都会の女はみんなキレイだ」と感じるものの、車内で平然と化粧をする女性たちを見て、「みっともない」と呟《つぶや》くというもの。ネットメディア「ねとらぼ」の記事（2016年10月26日付）によると、この広告に批判が集中しているというのである。

同記事では、「『（家で化粧してこない女は）みっともない』ですか？　とんでもない性差別ですね」「〝みっともない〟を禁止の理由にすべきではない」といった声を紹介。一方、踏み込んだ表現でマナー違反に切り込んだ東急電鉄に賛同する声もあると紹介している。こうしたマナーの問題は、賛否両論を巻き起こしやすいのだ。

前述の通り、「化粧をして仕事をする」ことをマナーととらえる人がいる以上、朝の慌ただしい時間は女性にとって戦いだ。家でメイクをする時間が取れなかった場合、就業前に電車で化粧をすることくらい目をつぶってもいいのではないか、そもそも電車で化粧をすることが〝みっともない〟ことなのか、という疑問の声も一部にある。

「化粧は人様の前でやるべきではない」という常識

だが一方で、〝電車で化粧〟をマナー違反だと感じる人が、やはり多いことはすでに述べた通りだ。ヴァル研究所の調査結果によると、マナー違反だと感じる人の割合は、10代で81・8２%だが、70代以上になると１００%になる。しかし、割合は年代が上がるたびに高まる傾向にあるものの、30代では89・6０%と若干だが20代と比べて数値が下がる。プライベートや仕事が忙しくなる30代には、容認派が多いということだろうか。

いずれにしても、〝電車で化粧〟の問題については、年代ごとに多少の温度差はあるが、世間の大部分の人が「マナー違反である」と、とらえていることがわかる。

ある40代の男性は、こう話す。

「電車内で化粧をしている女性を見ると、『常識がないんだなあ』と思ってしまいます。メイクは人様の前ですることではないし、横に座っている人にファンデーションが飛んだらどうするのか。家でやるか、会社の化粧室でやってほしいと思います」

また、自身も電車内でメイクをしたことがあるという30代の女性は、「どうしても時間がない時に、申し訳なさそうに電車内でメイクするならわかりますが、毎日のように堂々とメイクをしている女性を通勤電車で見かけます。気にする人が多いのがわかっているのに、まったく悪びれずにするのは、さすがに違うと思う」と話す。

「女性のメイクは人様の前でするものではない」という常識が、いつ、どのようにできあがったのかはわからないが、特に男性の前でメイク姿を見せることを〝みっともない〟と思う感性は、一部の人に確かにある。さらに、メイクに限らず、公の場所に私的な行為を持ち込むことに対し、拒否感を覚える人もいる。電車内での携帯電話の通話が嫌がられる理由はさまざまだが、原因の一つとしてこの拒否感がある。

二つのマナーに板挟みにされる女性たち

・化粧をして仕事をするのがマナー
・化粧は人様から見えない場所でするのがマナー

この二つのマナーに板挟みにされている女性を、男性の筆者は素直に「大変だな」と思うため、電車内での化粧はいいことだとは思わないが、「仕方ないことなのかな」くらいに感じている。もちろん、当たり前のように毎朝、電車でメイクするのは問題がある。マナーの問題以前に、生活時間を改善し、見直していく必要があるように思う。忙しいからといって、落ち着いてメイクをすることができないくらい余裕がない状態は見直すべきである。

また、混んでいる車内で化粧をすることも、マナー以前にやはり周りの人の邪魔になってしまうため、避けたほうがいいだろう。「ちょっとした化粧直しならば」と思う気持ちはわからないでもないが、周囲に対する心遣いは忘れないでほしい。

とはいえ、家庭を持ちながら働く女性が増えていて、なかには家事や育児を一方的に押し付けられる女性もいるから、問題は複雑である。家事や育児を一人でこなし、かつ朝の化粧もバッチリ、なんてことを女性に求めるのは、あまりに酷というものだ。

そういう意味では、必ずしも女性だけの問題だとは言い切れない部分がある。女性だけのせいにして分断を深めるのではなく、男女双方が考えていくべき問題なのだ。

ライブやフェスで〝熱唱する観客〟たち

フジロックで多くの人から聞いた不満

音楽フェスが盛り上がりを見せている。毎年夏には、フジロック、ロック・イン・ジャパン、サマーソニックといった大型フェスが立て続けに開催され、たくさんの観客が音楽の魅力に酔いしれる。

筆者も、２０１７年7月に行われたフジロックに参加してきた。そこで多くの参加者から聞いた不満が、「隣の人が大声で歌詞を熱唱していて、ミュージシャンの歌が聞こえなかった」といったものだ。人気アーティストのライブは、入場規制がかかったすし詰め状態で聴かなければいけないハメになるため、隣の人の声が特に気になったようである。

ある30代の女性は、「横にいた男性が大声で歌っていて、ライブに集中できなかった。お前の歌を聴きに来たんじゃない、と思いました」と憤る。別の20代の女性は、後ろで熱唱していた男性に対して、「静かにしてください」と注意したという。

歌詞を歌いやすい邦楽アーティストのライブで、特にこの問題が起こっているようだ。会場中の観客が熱唱して、まるでカラオケのような状態になることもある。しかし、クラシックならいざ知らず、ライブとは本来、大人しく静かに観なければいけないものではない。まして、ロックフェスだ。アーティストによっては、歌詞をステージの大型スクリーンに表示する場合もある（２０１７年のフジロックでは、小沢健二がそうだった）。

果たして、「ライブで観客が歌詞を熱唱する行為」は本当に迷惑なのだろうか。

お金を払って、素人のカラオケを聞かされる地獄

「観客に歌ってほしくない派」の意見を聞くと、なにも行儀よく静かにライブを観てほしいとだけ思っているわけではないことがわかる。アーティストが客席にマイクを向けて歌うことを煽る時には、むしろ大声で応えるべきだと思っているのである。

しかし、そうではない時には、アーティストの歌声や演奏に集中したいと考えているようだ。また、これは筆者のように身長が１８０センチ近くある人間には想像しにくいこと

だが、女性など小柄な人は、四方を熱唱している人に囲まれてしまうと、本当にまったくと言っていいほど、歌声や演奏が聞こえなくなってしまうそうである。

前出の30代女性は、「歌に自信がある人ほど、大声で歌うように感じる。せっかくのライブなのに、素人《しろうと》の歌唱力自慢に付き合わなければいけないなんて、地獄です」と話す。「盛り上がる気持ちはわかるけど、最低限のマナーは守ってほしい」とも。

せっかくお金を払って聴きに来たライブが、素人のカラオケにかき消されてしまう。確かにそれでは、あまりに不憫《ふびん》である。筆者はどちらかというと、のってきたらついつい熱唱してしまうタイプのため、少しは周囲に気を使うようにしなければと思う。

一方で、本当にライブで観客が歌詞を熱唱することがマナー違反なのか、といった疑問は残る。ロックのライブとは、そんなにも堅苦しいものだったのだろうか、と。

会場の熱量を体感することも醍醐味

ある音楽好きの30代の男性は、「ライブ中に観客が熱唱するのは、悪いことではないと思う。一体感が味わえるし、アーティストに対するレスポンスにもなる」と話す。

また、別の40代の男性は、「音楽を楽しむだけが、ライブではない。会場の雰囲気、熱量を体感することも含めて、ライブの醍醐味《だいごみ》。だから、ほかの観客が盛り上がっているのを、迷惑だと感じるのはお門違いだと思います。そういう人はそれこそ、家に帰ってライブのDVDでも観ていればいいのではないでしょうか」と指摘する。

ネット上でも、「ライブで観客が歌詞を熱唱する行為」についての議論は頻繁に行われていて、賛否両論があるが、擁護派の意見が意外にも多いことに気がつく。なかには、「海外では、観客が熱唱するのは当たり前のこと」などといった声もある。筆者は海外の事情に詳しくないため、そのあたりの判断はつかないが、「ライブは行儀良く観なければいけない」という「マナー」は、日本特有のものなのだろうか。

もちろん、ここは日本なのだから、海外がそうだからといってそれに合わせなければいけない義理はどこにもない。ワンマンライブならば、近い嗜好《しこう》を持ったファンが集まってくるため、この手の問題は起きにくいだろう。しかし、さまざまな嗜好、年代、バックグラウンドの観客が集まるフェスでは、もめ事になる可能性もある。

この件に関しては、おそらくこれから日本でも議論が活発になっていくと予測する。もしかしたら、運営側の判断で、「静かに聴くゾーン」と「熱唱するゾーン」が分けられる、なんてことになるかもしれない。それも一つの解決方法ではあるのだが、思想や国籍が異なる人をつなぐ力が音楽にはあるぶん、安易なゾーニングは少し寂しくもある。

できれば、もっと穏健でピースフルな解決方法を導き出したいものである。

〝読者モデル〟と同じになった顔出しライター

自分自身を売る〝読モライター〟

ずっと抱えていたモヤモヤが一つの言葉によって解消されることがたまにある。今回もそうだ。その言葉とは、「ライターの〝読モ〟化」である。

「ライター」を名乗り、それを生業にしている筆者は、ライターを取り巻く現状について考えることが多い。といっても、現在ではライターの定義自体が揺らいでいて、同業者と話していても共通認識が得られず、議論が空転することもしばしばだ。

しかしそこに、「ネットやSNSの出現によって、ライターの仕事が〝読モ（「読者モデル」の略）〟みたいなものに近づいている」という補助線を引くと、現状がクリアになる気がする。

これだけでは、なにを言っているのかわからないだろうし、出版、メディア業界に縁がない人にとっては、他人事に感じるかもしれない。しかし、読んでもらえればわかるのだが、〝読モ〟化という現象は、さまざまな場面で起こっていることでもあるため、自分を取り巻く周囲の現状と照らし合わせて、ぜひ考えを巡らしてみてほしい。
それでは、順を追って説明していこう。

ＳＮＳの普及によって、ライターの仕事も様変わりしている。「セルフ・ブランディングの時代」などと言われて久しいが、時代はすでにもう一歩先へと進んでいるように思う。
〝読モ〟化したライターとは、記事中に顔出しの写真を掲載し、ＳＮＳを駆使しながら「知」ではなく「共感」を拡散している人たちのことだ。インターネット上では、特に必然性がないにもかかわらずライターが顔出ししている記事をよく見かける。「これが最近のトレンドなのかな」くらいに思っていたが、彼らのツイッターに「〇〇さん、可愛い！」「〇〇さん、マジうける！」といった感想が多数寄せられているのを見た時に、読者は記事を楽しんでいるのではなく、ライターの存在自体を消費しているということに気がつき、この原稿の着想を得た。こうした「自分自身」を売るスタイルで仕事をしているライターを、筆者は〝読モライター〟と名付け、さらに詳しく以下のように分析した。

まず、読モライターが売る「商品」には、自身のビジュアルだけでなく、プライベートな情報も含まれる。さらには、交友関係も貴重な商品となり、それらは主にSNSによって可視化される。SNS上で互いが互いに言及し合うことにより、自身の商品としての価値を強化していくのである。

読モライターにとって、ライティングは自身のタレント性を表現する一つの手段に過ぎず、必ずしもそれにこだわる必要はない。動画や音声配信、イベントなど、どんな形であれ自身を露出させることが重要になる。もちろん、書籍や放送メディアなどに進出することもある。すでに指摘した通り、その場合、コンテンツの中身は「知」ではなく、おそらく「共感」が大切になるはずだ。

なかには「情報商材」のようにビジネススキルを売る者も出てくるが、その場合も重要なのは「知」ではなく「共感」である。なぜ共感が重要なのかというと、彼らが読者に売っているのは、「自分自身」だからだ。彼らのターゲット層は、「自分のようになりたい人」であり、読者は彼らのようになりたくて、コンテンツを享受する。彼らの考えに共感することによって、彼らに近づけると読者は期待する。

そして、実際に優秀な読者は、彼らによってフックアップされることもある。彼らの「商品」の一つである交友関係に組み込まれ、また新たな「彼ら」を再生産するシステムの一員に格上げされるのだ。この書き手と読者の近接、共犯関係を「ライターの〝読モ〟化」と表現すると、現状におけるモヤモヤが晴れ、少しは見通しが良くなる気がする。

ウェブ上で活躍するライターや編集者、ディレクターなどといった人たちの区別がつきにくい問題も、これで解決できる。ようは、みんな自分自身を商品として売る読モなのである。

競合するのはテレビタレント

ここで「ライターの〝読モ〟化」を考えるにあたり、インターネットの登場によって、もともとライターという職業の定義が揺らいでいたことを押さえておかなければならない。従来ならば、「出版」の文脈を背負っていたはずが、ITやマーケティング、自己啓発といった文脈を背景としたライターが登場したからだ。そういう意味では、読モライターもこれまでのライターとは別の文脈を背負った存在として、再定義する必要があると筆者は考えている。

そもそも本来の意味での読者モデルの存在が雑誌メディアを中心として求められた背景には、読者にとってより身近な存在の読モのほうが、プロフェッショナルなモデルやタレントよりも共感を呼びやすいという出版社側の意図があった。どんなに努力しても届かない、プロフェッショナルなモデルやタレントではなく、自分も少し背伸びをすれば同じようになれるかもしれない読モに、読者は親近感を抱きやすい。そうした存在が誌面に登場し、商品やサービスを紹介することで、より「自分ごと」として読者に訴求できると考えたわけだ。

そう考えると、モデルやタレントよりも親近感が湧く憧れの対象として誌面（ウェブ記事）に顔を出し、「自分のようになれる」ことを共感によって拡散させていくライターのスタイルは、まさに「読者モデル」そのものである。読モライターの仕事に、いわゆる「PR記事」が多いのは、雑誌における読者モデルと同じ役割を期待されていることの証左であろう。

筆者が思うのは、おそらく現在、多くの人が「ライター」としてイメージするのは読モとしてのライターであるが、彼らが物書きとしての「本流」になることはないということだ。なぜなら、従来のライターが「物書き」の中に位置付けられるのに対して、読モライターは広い意味での「芸能」ジャンルの文脈に位置付けられる、と考えられるからである。

　仮に、現在活躍する読モライターが、これから世に出ることを夢見る学生だとしたら、果たして自身を表現する手段として、テキストを選ぶだろうか。時代のニーズをつかむ感覚が優れた彼らがそうするとは、とても思えない。おそらく彼らの中からは、ユーチューブのような動画コンテンツを選択する者が、かなりのボリュームで出てくるのではないか。スマートフォンが普及し、通信の環境も整った現在において、テキストでの表現にこだわる動機は、物書きを目指す者しか持ち得ない。共感によって自身の存在を広めるために、より感情に対する訴求力が強い動画での表現を選ぶことは必然のように思う。


　そして、そこでは物書きとしてではなく、芸能における新興ジャンルの一員として既存の文脈に及ぼした影響が評価の軸になるはずであり、名前を残したいならば、芸能史の本流を意識した上で、どのような新しい価値が提示できるか、どのように既存の価値を塗り替えることができるかが重要になる。

　つまり、彼らと競合するのは、物書きとしてのライターではなく、既存のテレビタレントである。芸能人がツイッターやインスタグラムなどを始めて、ファンに直接情報を届けることが普通になった昨今の流れは、彼らの間の熾烈《しれつ》な競争に拍車をかけるものになるだろう。

当然、筆者がイメージできなかった未来として、読モライターが、物書きの本流になることもあり得る。未来学者ではないので、予想が外れることもあるだろう。違った未来がイメージできている方は、ぜひ教えていただきたい。

全人格的なコミットメントに耐えられるか

こうして新しく出てきたものをカテゴライズすることに対し、反感を覚える人もいる。しかし、筆者は絡み合った糸をほぐし、一つひとつを綺麗に分離することこそが、現在、求められていることだと思っている。

第一の理由として、読モライターの労働問題がある。すでに指摘した通り、読モライターは自身のプライベートや交友関係を商品にしているため、仕事に対する全人格的なコミットメントが求められる。それこそ、友人と一緒に来店したカフェで提供されるラテアートも「商品」としてSNSにアップしなければならないかもしれないし、芸能人のように恋人の存在を隠さなければならないかもしれない。プライベートと仕事の境目を設けることは不可能になる。こうしたことにストレスを感じない性格ならばいいが、そうでないならば余程の覚悟がない限り読モライターになるべきではない。

また、憧れや共感をウリにする職業なだけに、「やりがいの搾取」が起こりやすい構造も問題だ。すでに認知され、活躍している読モライターはいいが、彼らに憧れて、彼らになりたいと願っている読者はどうだろうか。安価な原稿料や、編集・校正・校閲機能が整っていない劣悪な環境で働かされる危険がある。

そして当然、危機管理の問題もある。芸能人も、昨今はSNSを使ってプライベートの情報を公開しているものの、あれは組織的なマネジメントのもとで行われているということを忘れてはならない。読者との距離が近く、かつ共感を呼ぶ表現が得意という読モライターの強みは、そのままリスクにも転化する。読者との関係がこじれた場合、インターネット上だけではなく、リアルに危害が及ぶ可能性があることに留意しておいたほうがいいだろう。

一方、「芸能」ジャンルの一つという側面を打ち出したほうが、読モライターの商品価値を高めることにもなる、ということも指摘しておきたい。なぜなら、読モライターは、物書きとしてのライターのように「文章」を売っているわけではなく、タレント性そのものを商品としているからだ。となると、当然のように既存のタレントや、本来の意味での読者モデルと同様に、広告との親和性が高くなる。

企業や製品、サービスをPRするインターネット上のタレントとして読モライターを売り出したほうが、ライターとして売り出すより実態にあっているし、端的に言って高く売れる。広告代理店やPR会社にも、タレントとして認識させたほうが、彼らの商品価値が正確に伝わるであろう。

「ライター」という肩書きは、むしろ彼らの商品価値をわかりにくくしているため、それに固執する必要はない。そうしたうえで、組織的な危機管理をしていくこと、そして既存のタレントと同じように年齢やライフステージの変化に商品価値を対応させることにより、サスティナブルなビジネスに育てていくことが重要となる。これが、「セルフ・ブランディングの時代」の先を行く、読モライターのあり方だ。

ただし、繰り返すが、既存のタレントと競合するため、読者獲得を巡る熾烈な戦いが待っていることは、自覚しておかなければならない。

本来は多様なはずのライターの仕事

カテゴライズする必要を感じたもう一つの理由は、SNSによってあまりに読モライターの存在が前景化することにより、ライターという職業に対する誤解が広がるのではないかと危惧したからである。なかには、「ツイッターのフォロワーが少ないと、ライターになれない」と思い込んでいる人もいるそうだ。

しかし、実態はまったくそんなことはなく、ライターと一口に言っても、批評やジャーナリズムのジャンルに近い仕事をしている者もいれば、インタビュー記事や書籍の構成など裏方仕事を請け負う者もいる。当然、それぞれに必要な能力やスキルがあり、それを地道に鍛えることが必要になるが、先ほども指摘した通り、読モライターは「自分のようになりたい人」を読者層としているため、「自分のようになる方法」を指南する言説を量産することになる。

そうした情報がネット上に溢れることによって、本来は多様なはずのライターの仕事の実態が外部にうまく伝わらず、これからライターになろうとする者が想定していなかったようなリスクを背負うことになってしまう事態は避けなければいけない。

つまり、自分がどの道を歩んでいるのかを意識する必要がある、ということだ。読モライターには、現在のところニーズがあるが、「ニーズにあった表現を提供する」といった考え自体が、数ある思想の中の一つにすぎない。にもかかわらず、それがすべてだと考えるのは、あまりにも浅薄である。ほかにもライターとして生きていく術はいくらでもあるし、むしろほかの道を選んで仕事として成立させているライターのほうが圧倒的に多いことを忘れてはならない。

もちろん、表現の仕事をしている以上、多かれ少なかれ〝読モ〟化の流れを回避するのは難しく、今後、誰もがこの問題に向き合う必要に迫られていくだろう。しかし、物書きとしてのライターと読モライターとでは、必要としているスキルも心構えも違う。

現在のウェブメディアでは、PV（ページビュー）やバズ（SNSで話題になること）ばかりが重視されるが、自分がしたいこと、自分にできることをもっと冷静に検討するべきだ。筆者も含め、自分がどのような道を進もうとしているのかを意識して仕事に臨むことが重要になる。

メディアやライターの定義が揺らぎ、分断が深まっているからこそ、活発な議論が求められていくだろう。

ここでは、ライターの仕事に絞って話をしたが、さまざまな業界で〝読モ〟化の流れは押し寄せてきている（それ自体は、悪いことだとは言い切れない）。たとえば、どの業界にも存在する「広報」という業種が、その一つだ。

また、ビジネスの場面でなくとも、SNSで自身の存在やプライベートな情報を切り売りし、共感を拡散させようとする人はたくさんいる。あなたのそばにも、〝読モ〟化した人たちがいるのではないか。

ＳＮＳにリア充投稿する人たち

「浜辺でジャンプ」写真にイライラしないために

最近の日本の夏は、とにかく暑い。まるで南国になってしまったかのようだ。筆者は、猛暑日に自宅周辺を歩いていた際、熱中症のような症状を起こしてしまったことがある。日陰でうずくまっていたところ、家族連れの親切な男性にビニール袋に入った氷をわけてもらい、なんとか症状が回復した。読者の皆様も、くれぐれも注意してほしい。

ともあれ、夏といえば「リア充」である。夏の行楽シーズンには、恋人や友人と、海水浴やバーベキューに行く人も多いはずだ。リアルが充実すればするほど夏は楽しい季節になるため、リアルが充実していることは、本来良いことのはずである。しかしながら、ネット上ではなぜかリア充の評判がすこぶる悪い。

ＳＭＢＣコンシューマーファイナンスが20代のビジネスパーソンに対して２０１５年に

実施したインターネット調査によると、オフを外で誰かと一緒に過ごす「リア充タイプ」は24・1％しかいなかったそうだ。一方、自宅で一人で過ごす「巣ごもりタイプ」は43・1％もいたという。

こうした背景もあり、リア充はやっかみの対象になる。特にフェイスブックなどのソーシャルメディアが普及してからは、リア充アピールの投稿にイライラする人が増えている。

夏本番には、リア充たちが、砂浜で手をつなぎながらジャンプする写真をソーシャルメディアにこぞってアップしてくるはずだ。非リア充としては、頭が痛い限りである。

なぜ、リア充たちはウザがられるのか。どうすれば、リア充たちを見てもイライラせずにすむのか。

「どうでもいいね！」ボタンがあったら……

いつから、ソーシャルメディアはリア充たちの巣窟《そうくつ》になってしまったのだろう。インターネットとは本来、リアルが充実していなくても楽しめるものだったはずである。

特に酷《ひど》いのはフェイスブックだ。タイムラインを見ると、やれ海水浴だ、やれバーベキユーだといった写真で溢れている。4割強もいる「巣ごもりタイプ」には肩身が狭い限りだ。

……といった感想を抱いている人も多いと思う。無理もない。筆者も、休日に仕事をしている時などは、フェイスブックのリア充投稿を見るたび、自分の惨めさに胸を痛めている。

愛する家族の笑顔や、大切な誰かのために作った料理の写真。「持たざる者」にとっては、それらすべてが光り輝いて見えるだろう。そして、「いいね！」という名の同調圧力に押しつぶされそうになる。素直に「いいね！」が押せない自分のひねくれた感情に傷つき、自己嫌悪に陥っていくのである。フェイスブックに「どうでもいいね！」ボタンがあったら、どれだけの人が救われたことか。

「そんな投稿は無視すればいい」と思うかもしれない。しかし、そうもいかないのだ。リア充たちは、リア充アピールがネットで疎まれることをよく知っている。それでも自己顕示欲が捨てきれないのか、思わせぶりな「不発弾」を次々と投下してくるのである。

「花火大会、めっちゃキレイだった！　来年も一緒に見に行きたいな～」

文面からは、「来年も一緒に見に行きたい誰か」と一緒に花火を見に行ったということが推察される。しかし、なぜ素直に「彼氏と」と書かないのか。おそらくリア充投稿が疎まれることがわかっていて、こうした曖昧な投稿をしたのだろう。これなら、包み隠さずにリア充をアピールされたほうがましである。心の中の「どうでもいいね！」ボタンを押して、そっとパソコンを閉じるしか術がない。

お盆の長期休暇明けにも試練が待ち構えている。「お土産」である。楽しい思い出とともに職場や学校に持ち寄られるお土産は、非リア充にとってはプレッシャーにもなり得る。どうしても耐えられない場合は、大きめのターミナル駅やデパートに行けば各地のお土産が手に入ることもあるので、お勧めしたい。むなしい気持ちになるだけだとは思うが。

リア充に対する思いをこじらせて……

ここまでは、「リア充がうらやましい」という感情からくるイライラを取り上げてきた。しかし、リア充を批判する陣営には、もっと複雑でひねくれた感情を抱えている人たちもいる。そこがリア充、非リア充の対立構造を語るうえで、ややこしい部分でもある。

彼らはリア充のことを、むしろ「下」だと思っている。集団で群れをなして「ウェーイｗｗｗ」とハシャギながら写真を撮っているリア充たちを、馬鹿にしているのである。彼らの多くは一人でも楽しめる文化的な趣味を持っていて、「リア充＝文化水準が低い奴ら」だとみなしている。彼らからすれば、「自分のほうが充実している」というわけである。

馬鹿にしているとまでは言わないが、筆者にも同じような気持ちがある。読書という地味な趣味を持っている筆者は、集団で楽しそうにしている同級生たちを眩《まぶ》しく思いながら育った。「うらやましい」という気持ちもあった。しかし、「うらやましい」が、いつしか「自分のほうが、崇高な趣味を持っている」というこじらせた感情に変わってしまったのだ。

そうした「こじらせ系」にとっては、リア充が幅を利かせている状態が許しがたく感じる。多感な思春期にスクールカーストが低く、「虐げられてきた」という思い込みもあるため、リア充を見ると闘争心に火がついてしまう。そう、こじらせ系にとって、リア充批判は闘争だ。自分たちの優位性を証明するための闘争だ。リア充とは具体的な個人を超えた、闘争すべき仮想敵なのだ。そして、さらに「こじらせ」を深めていくのである。

まったく関係ないが、会社員時代、後輩の女子から「みんなで恵方巻きを食べるイベントに行った」と聞かされて、閉口してしまったことがある。恵方巻きと言えば、コンビニでバイトしている友人に押し売りされるものだという認識だったが、まさか集団で食べるイベントが開かれていたとは。その感覚の差が、リア充と非リア充を分かつ深い溝なのだろう。

受容か和平の道を模索せよ

では、どのようにすればリア充に対してイライラしなくなるのか。

「うらやましい」と思っている人は、残念ながら自分もリア充になるしか解決策がない。リア充は、誰もが少なからず努力している。恋人になってほしい、友達になろう、今度一緒に恵方巻きを食べに行こう……。そうした熱意ある誘いの一言なしに、リア充の状態を獲得した人なんていない。

そう思えば、フェイスブックのリア充アピールに「いいね！」を押すのも一種のトレーニングだ。リア充を疎ましく思う自分を戒めて自らもリア充の道を歩むために、ぜひ「いいね！」を連打してほしい。まずは、そうしたささいなことから始めてみてはいかがだろうか。

一方、リア充と闘争を繰り広げている陣営には、和平の道をお勧めしたい。そもそも「どちらが充実しているか」を競うなんてナンセンスである。なぜなら、「充実感」は相対的な尺度で測れるものではなく、あくまで個人の主観的な価値観によるものだからだ。

仮に孫正義氏のような成功者から、「君の充実は本質的ではない。もっとレベルの高い充実がある」と言われたとしたら、どうだろうか。余計なお世話だと思うはずだ。それと同じことをリア充に言っても、向こうとしては余計なお世話以外のなにものでもない。

過去の禍根はあるのかもしれないが、無駄な闘争は止めて各々の充実を追求すればいい。研ぎ澄まされた自意識という名の「武器」を捨て去り、心穏やかに暮らそうではないか。リア充と一緒に笑って恵方巻きを食べられるようになる、その日が訪れるまで……。

今年の夏は、砂浜で手をつなぎながらジャンプするのもいいかもしれない。そのジャンプは決して高くないかもしれないが、あなたにとっては大きな飛躍になるであろう。筆者は絶対にゴメンであるが。

あなたはハロウィンで仮装できる人ですか？

アナーキーで前衛的な狂騒

世の中には2種類の人間がいる。仮装できる人間と、仮装できない人間だ。

毎年10月の後半になると、あの狂騒がやってくる。西洋から舶来したあの祭り、そうハロウィンである。

マクロミルが２０１４年に行った調査によると、ハロウィンに「興味がある」と答えた人は65％。女性に限ると75％が「興味がある」と回答している。ブームを牽引しているのは、若い女性たちだ。

日本では１９９７年から東京ディズニーランドでハロウィンのイベントが開催されるようになり、同じ年に川崎市でもハロウィンパレードがスタートした。ここ20年ほどの間で、急速に日本に浸透した祭りだと言えよう。

ハロウィンと言えば「Trick or Treat?」と、子どもがお菓子をねだる祭りとして知られているが、なぜか日本では大人が思い思いの仮装をしてドンチャン騒ぎするイベントとなっている。ハロウィンにちなんだものだけではなく、アニメキャラクターなど日本風にアレンジした仮装をする人も多い。渋谷駅周辺では、仮装をした集団が押し寄せて大混乱が発生し、お巡りさんたちがアニメキャラを警戒するといったシュールな光景が毎年広がっている。

最近では「ハロウィン・イブ」なるものまで存在するらしい。ハロウィン自体がキリスト教の万聖節の〝前夜祭〟なのだから、なんのこっちゃである。

ブームが広がる一方で、筆者のようにいまいち乗り切れない読者もいることだろう。実際に筆者は、一度もハロウィンパーティーに参加したことがない〝ハロウィン童貞〟である。参加してみれば楽しいのかもしれない。しかし、どうしても乗り切れないのだ。

そんなことを話していると、ある友人の女性から「意味なんて考えちゃダメだよ。ただ楽しいからやるの。一度でいいから仮装してみなよ。絶対にハマるから」とアドバイスされた。

なるほど。非常にアナーキーな発想だ。「意味もないのに仮装して楽しむ」といった危険思想を持った連中を、公権力が放っておくわけがない。警察が警戒するのもうなずける。「自意識ってものがあるだろ」と、筆者なんぞは思ってしまう。「意味もないのに仮装して楽しむ」という前衛的な思想を持つほどに、筆者の精神はまだポストモダン化されていないようだ。そんな自意識過剰な人にとって、ハロウィンは「面倒臭いイベント」なのである。

自意識過剰でもできるコスプレを考える

クリスマスやバレンタインデーなど、本来の文化に関係ないイベントが日本には根付いている。ブームを作って儲《もう》けようというマーケティング的な側面はあるにしても、異文化を柔軟に取り入れる姿勢は日本人のよいところだ。そういう意味では、ハロウィンも完全に否定できるものではない。

しかし、クリスマスやバレンタインと違って、ハロウィンはハードルが高すぎる。そもそも友達が多くなければ、ハロウィンパーティーを開くことはできない。リア充のイベントなのだ。最近では、〝ソロ活〟や〝お一人様〟が流行っているようだが、一人で仮装して「Trick or Treat?」と近所を練り歩きでもしたら、変質者として通報されてしまう。

そして、なによりもその「仮装」こそが、ビギナーのハードルを高めている。マクロミルの調査によると、「ハロウィンに女性が男性にしてほしい仮装」の第1位は「ドラキュラ、吸血鬼」なのだという。確かに、ビシッと決めればカッコよさそうである。

だが、オシャレに決めるには少々センスが必要だ。たとえば、ドラキュラの仮装は果たして太っている人に似合うのだろうか。映画やドラマで、太っているドラキュラ伯爵を見たことがないが……。しかもドラキュラと言えば、どちらかというとイケメンキャラである。「ブサイクの癖にドラキュラって……」と馬鹿にされてしまいそうだ。

そもそも、どこで、どのようにメイクをしたらいいのか。自意識過剰な筆者にとっては、ハードルが高い。

第2位は「かぼちゃ」。なるほど、これなら本来のハロウィンの趣旨にあっている。しかし、グーグルで画像検索してみると「かぼちゃ」のコスプレはとにかく可愛い。子どもや女子がしたら似合うかもしれないが、30代のおっさんが可愛くなっても、キモいだけなのではないか。

第3位は「映画やディズニーなどのキャラクター」だそうだ。ミッキーマウスのカチューシャをつけるくらいなら筆者にもできるかもしれない。しかし、言うまでもなく、その仮装はハロウィンとはまったく関係がない。ただの「夢の国」から帰ってきた、田舎者の観光客になってしまう。

いろいろ考えていると、なおさら面倒臭くなってきてしまったが、「意味もないのに仮装して楽しむ」といったアナーキーでポストモダンな所作を、筆者もぜひ身につけてみたいとは思う。人生に意味なんてない。お菓子をもらうことも、実は意味なんてない。そもそも、日本とハロウィンは、まったく関係がないのだ。

だからこそなにも考えずに、ハロウィンを楽しんでみたい。〝ハロウィン童貞〟を卒業して、リア充になってみたい。フェイスブックに写真をアップして「いいね！」がたくさんほしい。

日本におけるハロウィンとは、自意識を解放するお祭りなのだから。

僕のモヤモヤ記2

救急車に乗った僕はアゴが少し伸びていた

「頑張らないと親に似る」とは、お笑い芸人のマキタスポーツがＴＢＳラジオ「東京ポッド許可局」で放った名言だ。ここ最近は、久々に父親と行動を共にすることが多かったのだが、つくづく僕と父は性格や行動がそっくりなんだなと気がつかされた。

すぐに物をなくしたり、どこかに置き忘れたりする。鍵や財布が見つからなくて、地べたにカバンを置いてガサゴソ探す。天然ボケというか、とにかくどこか徹底的に抜けているのだ。一緒に住んでいた頃には気がつかなかったが、「親子というのはここまで似るものか」と呆《あき》れるほどそっくりなのである。

学生の時、父から携帯に電話がかかってきて「元気か？」と聞かれたのには驚いた。ついさっきまで一緒に朝の食卓を囲んでいたのに、なんだというのか。

「えっ？　別に元気だけど……。どうしたの？」

「いや、ただなんとなく元気かなと思ってさ」

さすがにあの時は、「ボケるのには、まだ早すぎるだろう」と焦ったが、今でも父は明朗で快活に人生を過ごしている。長男としては、ありがたい限りだ。

さて、本題に入ろう。

あれは、もう15年以上も前のことである。あの時の衝撃を上手く話すことができるか僕にはわからない。なにせ、僕自身も後から聞いた話なのだ。これは、僕という人間と父の間に起こった救急車を巡るヒューマンドラマである。

その日、会社が休みだった父は、昼間に自宅近くを散歩していた。ふらふら歩いていると、駅前に救急車が止まっているのが目に入る。なにかあったのかな？　しばらく眺めると、駅から青年が担架で運ばれてくるのが見えた。細身の体形に黒いトートバッグ。間違いない。息子だ！　これは大変なことになったぞ！

慌てて担架に駆け寄る父。おい！　大丈夫か？　智之！　大丈夫か？　智之‼

「お父さんですか？」若い救急隊員が父に叫ぶ。

「そうです！　おい！　智之！　ともゆきぃぃぃ！！！」

「よかった。乗ってください。すぐ病院に運びます！」

僕は虚弱体質で、体調をよく崩す。特に学生の頃は、今よりも体重が10キロ以上も軽く、いつ倒れてもおかしくない雰囲気があった。そして、ついに……。

救急車に乗り込んだ父は、処置をする隊員の横で僕の名前を叫び続ける。救急車はサイレンを鳴らしながら、病院へと急ぐ。隊員は「お父さん、落ち着いて、落ち着いてください」と声をかける。横には苦悶《くもん》の表情を浮かべながら、なにかを必死に訴えかけようとする僕。苦しくて、どうしても声にならない。

おい、どうしたんだ？　なにか言いたいのか？　お父さんがいるから大丈夫だぞ！

しかし、ここで父がある異変に気がついた。なにかが微妙に違う。どこか違和感があるのだ。なんだろう。そうか。アゴだ。アゴがいつもより少し長いのだ。息子のアゴが少し長い。病気で苦しめば、顔の形も変わるのだろう。病気というものは、つくづく恐ろしいものである。人相まで変化させてしまうとは。これは大変な病気に違いない。あれ？　そういえば髪型もちょっと違うような……。

もう一度、僕の顔を覗《のぞ》き込んでみる父。そこには苦悶の表情を浮かべる面長な青年がいる。

その時、父は気がついたのである。この青年が息子ではないことに。

「すみません。息子ではありませんでした……」と父が衝撃的な告白をした後、救急車の中にどのような空気が流れていたのか、僕はまだ知らない。結局、父は見知らぬ青年と一緒に病院まで連れて行かれたという。「途中で降ろしている時間はない」と隊員から冷たく告げられてしまったのだ。ちなみに、青年は運ばれているうちに意識が戻ったらしい。貧血でも起こしていたのだろうか。

いずれにしても、知らないおじさんに「智之、智之！」と叫ばれる状況の中、「違います！」と言いたくても言えなかった青年の気の毒さはいかほどのものか。「誰だ、このおっさん」と思っていたに違いない。本当に誰だよ、このおっさんは。

さて、隊員に平謝りした父は、救急車で送り返されるなんて虫がいいことにはならず、自らタクシーを呼んですごすごと帰路についた。

しかし、まだ疑いが少し残っている。あの青年は、やっぱり息子だったのではなかろうか。苦しんでいれば、アゴくらい少しは伸びる。だいいち、トートバッグが同じだったではないか。

タクシーを降りて、父は僕に電話をかける。疑いがいつまでも頭から離れない。ついさっきまで一緒に朝ごはんを食べていた息子は無事なのだろうか。それともやはり……。長いコールの後、息子が電話に出る。周りが騒がしい。

「元気か?」

「えっ? 別に元気だけど……。どうしたの?」

「いや、ただなんとなく元気かなと思ってさ」

さすがにあの時は、「ボケるのには、まだ早すぎるだろう」と焦ったが、今でも父は明朗で快活に人生を過ごしている。長男としては、ありがたい限りだ。

「頑張らないと親に似る」

いつか僕も見知らぬ青年と一緒に、救急車に乗る日が来るのだろうか。そう思うと、モヤモヤすると同時に、ある種の諦めに似た感情が心の中で芽生えるのであった。

（2016年1月12日）

あとがき

本書は、2012年から現在に至るまで、およそ6年間の間に執筆した約30本のコラムとエッセイを加筆・修正したうえでまとめたものである。思えば、たくさんのモヤモヤを重ねてきたなと、我ながら思う。なぜ、こうもいろいろなものにモヤモヤするのかは自分でもわからないが、本書を読んで少しでもスッキリした気持ちになる読者がいたら幸いだ。こちらも、モヤモヤしたかいがあるというものである。

筆者は、これからもモヤモヤし続けるのだと、生まれながらの性格を呪って半ば諦めているが、誰もが違和感なく過ごせる社会なんてものがそもそも存在するのかどうか。人々の悩みのほとんどが「人間関係」に由来するものであり、その人間が仕事や生活を営む環境は今、急激に変化している。ある意味、本書に収録したモヤモヤは、時代の徒花《あだばな》みたいなもので、人々が環境に慣れてくれれば解消するものなのかもしれない、という希望的観測もある。

しかし、時代が変わり、人々が変われば、新しいモヤモヤが生まれてくるだろう。古代人も「近頃の若い者は……」とぼやいていたという言い伝えがあるが、人間の思考なんてものはそう進化するものではないし、仮に進化したとしても周囲の環境が変われば、また新たなモヤモヤが発生することは目に見えている。

つまり、この世からモヤモヤは尽きることがないのだ。だが、モヤモヤすることが悪いことなのかどうかは、また別の話である。ただなんとなく過ぎていく現実の、とても心地よいとは言えない感情をすっぱり切り捨てるのではなく、大いにモヤモヤして、それを言語化していく。モヤモヤするのは確かに面倒臭いが、モヤモヤするということは、それだけ現実に根ざした日常を生きているということでもある。

そう考えれば、職場で口うるさいあの人も、恋愛でぎこちない動きをするあの人も、少しは愛《いと》おしい存在に感じられてくるのではないか。モヤモヤする面倒臭い相手とも付き合っていかなければならないのだから、せめてそう思いたいものだ。モヤモヤする人を拒絶、もしくは無視するのではなく、ともに生きていくためにモヤモヤを受け止めていく。そういう思いで、本書を執筆した。

最後に、もう一つ大きなモヤモヤを。筆者は、これまでお世話になった人に対して謝辞を述べる「あとがき」を読むたびに、むず痒《がゆ》い思いをしてきた。だって、読者には、そんなこと関係ないではないか。「勝手に感謝してろ！」とツッコミを入れていたものだ。

しかし、いざ自分で「あとがき」を書いてみると、謝辞を述べたくなる気持ちが少しわかってきた気がする。もちろん、さまざまな人に支えられて本書ができたことに感謝の念が湧いてきたこともあるのだが、なによりも最後に謝辞を述べなければ、本をうまく終えることができないからだ。先人の知恵には、それなりの理由があるものである。

ということで、本書を執筆するにあたって参考にさせてもらった、すべてのモヤモヤする人たち、そして引用させていただいた書籍や雑誌、ウェブ記事の執筆者に感謝したい。編集担当の竹村優子さんにも、大変お世話になった。竹村さんの励ましがなければ、本書を最後まで完成させることはできなかったと思う。

２０１７年10月に死去した最愛の父にも、この場を借りて謝辞を述べさせていただきたい。いつか僕も、見知らぬ青年と一緒に救急車に乗る日が来るのだろう。「頑張らないと親に似る」のかもしれないが、そういう温かい優しい性格であれば、親に似るのも悪くないと感じている。本書を父の墓前に捧げたい。

そして、最後まで筆者のモヤモヤに付き合ってくれた読者にも、お礼を言わせていただきます。本当に、ありがとうございました。

２０１８年５月　宮崎智之

この作品は、ダイヤモンド・オンライン、messy、および個人ブログに掲載された記事を加筆修正し、電子書籍化したものを再構成した文庫オリジナルです。

幻冬舎文庫

●最新刊
人生がおもしろくなる! ぶらりバスの旅
イシコ

バス旅の醍醐味は、安いこと、楽なこと、時間を味わえること。マレーシアで体験した大揺れの阿鼻叫喚バスから、高速バスでの日本縦断挑戦まで、笑いあり、切なさありの魅惑のバス旅エッセイ。

●最新刊
旅作家が本気で選ぶ! 週末島旅
小林 希

砂漠島では地球の孔トレッキング、パワースポット島では樹齢1200年の大楠の下で妖精に出会い、シャーマンがいる島では降霊体験――!? ガイドブックに載っていない珍体験ができる10の島。

●最新刊
あっぱれ日本旅! 世界一、スピリチュアルな国をめぐる
たかのてるこ

65ヵ国を旅するてるこ、脱OLして日本旅へ。高野山の美坊主とプチ修行。アイヌとまんぷく儀式。沖縄最強ユタのお告げに目からウロコ……。離島めぐりで心をフルチャージ! 無双の爆笑紀行。

●最新刊
統合失調症がやってきた
松本ハウス

ハウス加賀谷は、松本キックという相方を得て、病と闘いながらもお笑いの世界で活躍する。しかし、活躍と反比例するように、症状は悪化、コンビは活動を休止した。復活までの軌跡を綴る。

●最新刊
相方は、統合失調症
松本ハウス

病による活動休止から10年を経て復帰した松本ハウス。しかし、かつてできたことができず、コンビはぎくしゃくしていく。〝相方〟への想いが胸を打つ感動ノンフィクション。

モヤモヤするあの人《ひと》

常識《じょうしき》と非常識《ひじょうしき》のあいだ

宮崎《みやざき》智《とも》之《ゆき》

平成30年6月10日　初版発行

発行人――石原正康
編集人――袖山満一子
発行所――株式会社幻冬舎
〒151-0051東京都渋谷区千駄ヶ谷4-9-7
電話　03(5411)6222(営業)
　　　03(5411)6211(編集)
振替00120-8-767643
印刷・製本―錦明印刷株式会社
装丁者――高橋雅之

幻冬舎文庫

ISBN978-4-344-42751-8　C0195　み-33-1